モノノケ踊りて、絵師が狩る。

—月下鴨川奇譚—

水守糸子

本書は書き下ろしです。

目次

イラスト／Minoru

モノノケ踊りて、絵師が狩る。

―月下鴨川奇譚―

そのまこと奇怪なる百枚連作を「月舟シリーズ」と呼ぶ。

江戸時代末期に活躍した妖怪絵師・月舟による百鬼夜行の連作である。

幕末動乱期の都に突如として現れたこの天才絵師は、鬼と交歓したともいわれ、実際「狂人」であったらしい。春の宵、都の三条大橋からポンと身を投げ、消息を絶つ。享年三十。

彼の絶筆ともなった連作は、遺された妻が二束三文で売り飛ばしたため、今となっては行方知れず。しかし、月舟が連作に封じたモノノケは、百五十年を経た今もなお、持ち主を憑き殺すと噂されるのであった——。

一
猫又

一

「詩子さん」

蚊取り線香を焚いた縁側で、ペラリペラリと雑誌をめくる詩子さんに、俺は顔をしかめて呼びかけた。

「そんな三流雑誌、読むもんじゃありませんよ。仮にも絵師がはしたない」

物干し竿で、絵具のついたスモックがたなびく長屋は、遠目にも鮮やかに目を引く。立てかけられたドーサ引きの和紙、吊るされた大小の刷毛、数種の絵筆。

夏の油照りの通りから逃れるように、建て付けの悪い裏戸を閉めて、俺は軒先から吊り下がる刷毛をのけた。

日陰となった縁側では、着物姿の詩子さんがレモネードを飲んでいる。縞柄が透けた紺の紗に、鬼灯の描かれた帯と涼しげなガラス玉の帯留め。幼少から着物になじんで育った詩子さんは、和装でいることのほうが多い。柔らかそうな猫っ毛は、今は後ろでまとめて、珊瑚の玉簪を挿していた。

「ちがいますよ、七森さん。これは世俗の研究なのです」

令和の世にそぐわない、おどろおどろしい見出しが躍る雑誌を掲げ、詩子さんは胸を張る。オカルト雑誌の、しかも古本のようだった。

「勉強熱心でなによりです」と俺は慇懃（いんぎん）にうなずく。

「昨今の学生は、座学に制作に忙しいと聞きますけれど、貴女（あなた）は自宅学習が多いようですね。大学は？」

「祇園祭（ぎおんまつり）が始まると、お休みになるのです。当たりまえですよ」

「それは貴女の采配ですか、それとも担当の先生の？」

「双方の意見の一致というやつですね。民主的ですばらしい」

　レモネードに口をつける詩子さんがいっこうに悪びれる様子がないので、俺は息をついてそれ以上の追及をやめた。飲みますか、と尋（たず）ねてきた詩子さんに手を振って、ネクタイを緩めた襟（えり）元に風を入れる。

　六つ年下の詩子さんと俺は、昔は家が近所で、詩子さんの両親に代わって幼い彼女の面倒をみていることも多かった。幼馴染（おさななじ）みというやつである。俺が大学進学を機に家を出たあとも、詩子さんとの親交は続いている。いわば、幼馴染みのうえ腐れ縁というやつである。

「忙しいあなたがここに寄るなんてめずらしいですね」

　雑誌を古紙回収用のボックスに入れて、詩子さんは呟（つぶや）いた。

　俺は肩をすくめてみせる。

「貴女の顔を見に来たんですよ」

「こんな暑い中、粋狂（すいきょう）なひとです」

ふふ、と微笑（ほほえ）む詩子さんは、同世代の男子学生ならかわいい、と思う顔立ちをしている。加えて彼女は、きちんと自分の顔と仕草の使いどころがわかってふるまっている節があった。そういうところが、ぜんぜんかわいらしくない。

「まあいつものとおりです。貴女の顔を見に来る用事は」

詩子さんの隣に腰掛け、俺は仕事用の鞄（かばん）から数枚の写真を取り出した。それを一枚ずつ板敷の上に置いていく。

L判の写真には、渦巻く炎と踊る猫又（ねこまた）の姿が描かれた掛け軸が写っている。

一枚目は正面から撮影したもの。二枚目、三枚目は左右から。それと左下方の落款（らっかん）を拡大したもの。乱筆ともいえる荒い描線は今にも動き出しそうで、金泥（きんでい）の目や赤い舌ののぞく口元にはどことなく愛嬌（あいきょう）がある。

名品だ。惜しむらくは、絵の右下のあたりが無残に焼け焦（こ）げ、猫又の右足にも火が飛んだ跡が残ってしまっていることだった。

「これは?」

「月舟（つきふね）シリーズ、№44『ねこまた』とおぼしき作品です」

写真を眺めながら、空のコップのストローを回していた詩子さんが瞬（まばた）きをする。

「真作ですか」

「おそらくは」

江戸末期、モノノケを題に、絵師・月舟が描き上げた百枚連作は、月舟シリーズと呼ばれ、今も一部の蒐集家に熱狂的な人気がある。俺が勤める民間の美術研究所「烏丸ファシリティ」には、こうした「いわくつきの美術品」がさまざま集まった。

「線の躍動と艶。確かに月舟とお見受けしますが。……ふうん、猫又ですか」

「二十年前、今の持ち主の先代が亡くなった際に受け継いだそうです。これまでは特段、害はなかったそうですが」

「つまり、最近実害が出たと？」

「そのとおり」

ほう、と呟く詩子さんが目の色を変える。

細い指先が何かを確かめるように写真の上を滑りゆく。たおやかなれど、爪の奥まで絵具のしみ込んだ、女というより職人の指先が。

ツイ、と写真のふちまで来たところで詩子さんは指を払った。

「ときに七森さん」

写真を重ねて、詩子さんがこちらを振り返る。いつになく真剣な顔つきである。

「その鞄からはみ出たものはなんですか」

「水羊羹（ようかん）ですよ。鍵善（かぎぜん）の」

ほとりと手を合わせ、詩子さんはうなずいた。

「ここで話すのもナンですし、お茶にしましょう。お仕事は？」

「うちは裁量労働制ですから」

「では、お菓子をいただきながら、『ねこまた』の来歴でもうかがいましょう」

濡（ぬ）れ縁の前に出してあったサンダルをつっかけて、詩子さんは庭に干したスモックを取り込みに向かう。

うだるような暑さは午後を過ぎても増すばかりだが、西のほうには黒々とした雲がかかり始めていた。一雨来そうだ。軒に吊るした南部（なんぶ）鉄器の風鈴が、ぬるさに一筋の涼をこき混ぜた風を運んでくる。

涼しげな音の余韻（よいん）が消えきる前に、俺は写真をしまい、濡れ縁から居間へと上がった。


ことのはじまりは半年前。

京都寺町（てらまち）にある西方（にしかた）画廊の保管庫で火事があり、所蔵していた「ねこまた」の絵の一部が焼けてしまった。さっそくオーナーの西方が焼失箇所の修復のため、烏丸ファシリティに「ねこまた」を持ち込んだのだが、その際、同行していたオーナーの息子である直樹（なおき）がこんな怪談話を口にした。

何でも、「ねこまた」は、直樹とオーナーが見ている前で突如発火したのだという。

近くに火気はなく、周囲の状況から静電気火災とも考えづらかった。直樹の通報で駆けつけた消防隊員も首を傾（かし）げていたらしい。幸い、絵の一部が焼失しただけで、それ以上燃え広がることはなく、不思議なこともあるものだとその場はおさまったそうだが、直樹にはほかにも気にかかることがあった。

「直樹さんが言うには、ちょうどその頃からオーナーの右足の調子が悪いそうで。さながら火に焼かれるように痛むとか」

台所から戻ってきた詩子さんがちゃぶ台にお盆を置く。季節限定の水羊羹が花のかたちをしたガラス器にのっている。ほうじ茶の氷がカランと澄んだ音を立てた。

「焼かれるとは具体的にどのように？　とろ火でコトコトですか。それともウェルダン？」

「どちらかというと、サンマの塩焼きですかね。皮膚（ひふ）の表面があぶられるように痛むそうです。ですが足を確かめても、火傷（やけど）どころか、火ぶくれひとつ見当たらない」

ほうほう、とうなずく詩子さんは、眉唾（まゆつば）ものの怪談話にも不快な顔ひとつせず、むしろ楽しげですらある。

「焼けた箇所もちょうど、猫又の右足ですね。ほかに絵に変化は？」

「ないです。ただ、直樹さんいわく、猫又の顔が悪辣（あくらつ）になったと……多分に主観が混じっている気もしますが」

「あのひとは、素直な感性の持ち主ですからねえ」

目を伏せて詩子さんはほうじ茶に口をつける。

おや、と俺は眉を上げた。どうやら詩子さんと西方直樹は知らぬ仲ではないらしい。

「お知り合いですか？」

尋ねると、「高校の先輩です」と思わぬ答えが返ってきた。

「そういう縁で、三年前に一度、父と西方画廊にお邪魔したことがあります」

西方直樹は有名大学の経済学部に通う三回生。詩子さんのほうは、昨年高校を卒業した十九歳で、今は美大の日本画科に通っている。歳は若いが、これで結構、将来を期待されている画家の卵である。

「西方画廊さんとはそれきりで、特にお付き合いはありませんでしたけど……。あのときは、突然発火する絵の話なんてしてなかったと思いますよ」

「俺が聞いた話でも、発火は半年前の一件がはじめてだったようですね」

持ち主を憑き殺す妖怪画などというものを、直樹自身、信じてよいか判じかねているように見えた。実際、俺に猫又の話をしたときも、あくまで怪談話という口ぶりを崩さなかった。確かに、現代の日本で、呪物や憑きものはすっかり過去の遺物となり、まともに取り合う者などほとんどいない。

「発火する猫又の絵、ですか」

「気になるなら、西方さん本人に直接話を聞いてみますか？　修復を済ませた『ねこまた』が画廊に戻っているはずです」

考え込む詩子さんの様子をうかがって提案する。

「あしたなら、ちょうど別件で西方画廊にお邪魔する予定ですし」

「いやにタイミングがよいですね」

「貴女の顔を見に来る理由なんて、ひとつしかないとさっき言ったでしょう」

「そのつもりなら、最初からそう言えばいいのに。あなたの来訪で浮き立った乙女心はどうしてくれるんですか」

そんなもの持ち合わせていないくせに、詩子さんは渋面をして息をついた。

「まあ、よいです。今は祭り休暇中ですし、おいしいお菓子もいただきましたしね」

そう言って、ガラス器にのった水羊羹をぱくんとほおばる。

うん、このあんこがおいしいんです、と頰を緩める詩子さんは、こういうときだけ年相応の少女らしく見える。土産のセレクトは間違えなかったようだ。

食べ終えたガラス器を片付ける詩子さんにその場を任せ、俺は縁側と居間を隔てる障子を引いた。板敷の裏から現れたヤモリがすばやい動きで、鎖樋をのぼっていく。柱に軽く背を預け、鉄の風鈴のやわらかな音に耳を傾けていると、奥のアトリエの襖が開きっぱなしになっていることに気付いた。

閉めようとして、壁に無造作に立てかけられた一枚の絵を見つける。

白麻紙に日本画の画法を基調として描かれたそれは、花の下の幽霊図であった。

ほの青い花霞の下で、若い女が俯きがちにひとり立っている。

打ち乱れた着物からあらわになった背に彫られているのは絡新婦の刺青。情念に囚われた女の目元には、恋を知ったばかりの乙女のような朱が差している。清廉であるのに淫らな、なんとも言えぬ一枚だった。

「描いたんですか」

エプロンを外して戻ってきた詩子さんに尋ねる。

「うん、描きました」といささか緊張した面持ちで、詩子さんは俺を見返した。いつもとは異なる初々しい表情だ。

「いいんじゃないですか」

暗に感想を求める詩子さんに、俺はぞんざいに言った。言い方がよくなかったのだろう。とたんに詩子さんは口をへの字に曲げる。

「適当に言わないでください」

「好きですよ、わりと。蜘蛛に桜――ですか」

「ええ。春に連れていってもらった疏水の桜がきれいだったので」

琵琶湖疏水に向けて荷運び用に使われていた鉄道は、春になると線路の両脇でいっせいに桜がひらく。彼女を連れて花見に行ったのは、確か四月の初めだった。病院に入っている彼女の母親の見舞いに付き添った帰りに寄ったのだ。

「No.44『ねこまた』、月舟の画帖にも同じ下図がありましたよ」

胸に抱いていた、古びた和綴じの画帖を詩子さんが開く。

枇杷色の布が貼られた無地の表紙をめくると、墨で描かれた簡易の下絵が次々現れる。

月舟シリーズが百枚の連作だとわかっているのは、月舟が生前画帖に描いた下図を親族に残していたことによる。詩子さんは月舟の末裔にあたり、去年父親が急死した際、画帖を継いだ。

彼女が示したページには写真と同じ、火の玉四つと踊る猫又の下図が描かれている。細部はちがうが、ほぼ同一で間違いない。

「猫又ってどんなモノノケか、七森さんは知っていますか？」

画帖に目を落として、詩子さんが尋ねた。

「尻尾が分かれているんでしたっけ」

「尾が二叉だから、猫又。猫には死者を蘇らせるとか、殺すと七代まで祟るとか、さまざまな伝説があるんですすよ。河鍋暁斎や鳥山石燕の絵が有名ですね」

「ああ、手ぬぐいをかぶって踊る猫の。あれは愛らしい」

思い出した絵があったので、俺は少し笑んだ。

月舟は河鍋暁斎らと同時期、幕末の京都で活躍した。三十歳で夭折した月舟は、親族に残した画帖以外の資料に乏しく、現代における知名度は低い。ただ、一部のマニアの間で、月舟の百鬼夜行の連作は未だに熱狂的な人気があり、模倣した図案や絵画がいくつも生まれている。そういう意味では存在自体がオカルトめいた鬼才の絵師であった。

居間にあるちゃぶ台の上で画帖をめくっていると、七森さん、と隣に座った詩子さんが俺の手元をのぞきこんで言う。

「絵はもう描かないんですか」

こう見えて詩子さんは鋭い。

「花下幽霊図」を眺めていたときの俺の顔に気付いたにちがいなかった。

「わたしは七森さんの絵が好きでしたよ」

「ありがとう。だけど、俺は嫌いです」

画帖を閉じ、俺はそれを詩子さんに返した。

「自分の絵はもう描かない」

詩子さんは微かに眉を下げて、悲しそうにした。そんな、らしくもない表情をするのはやめてほしい。胃に悪い。「お茶のお代わりをもらえますか」と苦笑気味にグラスを差し出すと、それ以上は言い募らずに、詩子さんはほうじ茶を取りに行った。

二

　烏丸ファシリティは、京都烏丸に拠点を置く美術研究所である。

　その歴史は、戦前、財閥（ざいばつ）の出資をもとに作られた私設美術館にさかのぼり、近年は研究、修復、美術館、鑑定に部門を分けて運営されている。俺が働いているのは、そのうちの鑑定にあたるセクションだ。

　書類をまとめ終えて、烏丸ファシリティの外に出ると、コンチキコンチキのお囃子（はやし）の音が聞こえてきた。祇園祭の宵山（よいやま）にあたる今日は、山鉾（やまぼこ）が並ぶ烏丸通から四条（しじょう）通にかけて見物客がごった返している。

　人の多い通りを避けて、灼熱（しゃくねつ）の陽射しで干上がった歩道を足早に歩く。

「七森さん」

　カランコロンと涼しげに鳴る下駄（げた）の音で、俺は顔を上げた。

　見れば、寺町商店街のアーケードから和装の少女がこちらへ駆け寄ってくる。わずかに上気した頬、弾んだ声、スケッチの途中らしい画帖は大事そうに腕に抱えられていた。

「コンチキコンチキ、よいですねえ。この音を聞くと血がたぎりません？」

「帰りに見ていったらどうですか。提灯（ちょうちん）の点灯には間に合うでしょう」

「月鉾のお願い袋が欲しいんですけど、いつもすぐに売り切れるんですよね……」

思案げな顔で、詩子さんは汗の滲んだ首筋にハンカチをあてる。

梅雨明け宣言が出され、京都の気温は毎日うなぎのぼりに上がっている。雲ひとつない青空に山鉾は映えるだろうが、わざわざ見物しに行く気分にはとてもなれない。詩子さんのほうは祭り女なので、持ち前の根性を発揮して熱気すさまじい会場に乗り込んでいくが。

観光客でにぎわう商店街を抜けて道を数本入ると、西方画廊の看板が現れた。ガラスと鉄骨を使ったモダンな店構えで、六曲一双の屏風が正面に飾られている。祇園祭を描いた市中画のようだ。

「直樹さんにはどこまで話をしたんですか？」

「月舟の末裔が知り合いであることと、今日同席することくらいですね。あとは絵を見て直接話をしたほうが早いでしょう」

電話で月舟の末裔の話をすると、直樹はいたく喜んだ。オカルト話にまともな反応が返ってくるとは思わなかったのだろう。二つ返事で「月舟の末裔」の同席をゆるしてくれた。

受付の女性に声をかけると、オーナーである直樹の父親はちょうど商談の最中だという。代わりに、奥からストライプのシャツにライトグレーのパンツを合わせた直樹が出てきた。こざっぱりした黒髪には清潔感があり、柔らかな弧を描く目元はやさしげだ。直樹は大学で経営の勉強をしながら、画廊を手伝っていると聞く。

「もしかして、うたちゃん？」

詩子さんの顔を見て、直樹は目を丸くした。事前に説明をするのがややこしかったので、詩子さんの名前は直樹には伝えていない。

「お久しぶりです、直樹さん」と詩子さんは両手を揃えて慎ましやかにお辞儀した。

普通の大学生然とした直樹と、明治か大正あたりから抜け出してきたような詩子さんの取り合わせは、なんとはなしにちぐはぐだ。このふたりがセーラー服やブレザーかなんかで同じ校舎にいたのかと思うと、少しおかしくなる。

「ほいなら、七森さんの知り合いの絵師の末裔って」

「わたしです。七森さんから、月舟の百枚連作の相談があったと聞いて、無理を言って連れてきてもらいました」

「うたちゃんとこが芸術一家なのは知っとったけど……今も絵は描いたはるん？」

「ええ」

端的な詩子さんの返事に、「変わらへんなあ」と呟き、直樹は人好きする顔で笑った。

控え室に俺たちを通すと、直樹はお茶を取りに一度部屋から出ていった。清潔そうな白を基調とした控え室にも、何枚か絵が飾ってある。表に出しているものとはちがう趣の、版画を中心とした小品だ。ざっと眺めて、老舗らしい堅実な作品選びに俺は納得した。

しかし隣の詩子さんのほうは、表に掛けられた作品群にも、中の版画にも一瞥すら向けない。彼女はたいへんわがままな鑑賞者で、どんなに名の知れた作者、値のつく名作であっても、心惹かれないものには見向きもしない。反対に、これだ、と思ったものにはずっと、いつまでも、執着する。西方画廊に彼女の気を引くものはなかったようだ。困ったことに、彼女は人間に対しても、そういう極端なところがある。

「すいまへん、父の商談が長引きそうで……。少しお待ちいただけますか」

お盆に湯呑みをのせて、直樹が戻ってきた。

「修復した『ねこまた』の絵は、どちらにあるんですか?」

「保管庫です。ただ、その鍵を持っているのも父で」

しかたない。先に状況だけでも聞いておこうと、詩子さんに目配せを送る。

彼女は小さく顎を引き、テーブルを挟んで座った直樹に切り出した。

「月舟シリーズ№44『ねこまた』のお話、うかがいました」

とたんに神妙そうな顔になった直樹に、詩子さんは続ける。

「火の気もないのに突然発火したと。同じ頃から、オーナーの右足にも障りが出ているそうですね」

「最初は病院に連れていったんや。火傷でないなら、神経痛とか、ほかの病気やないかと思て。ただ、いくつか検査をしたけど、おやじの身体に異常は見当たらへんかった。診てもろうたお医者さんには、ストレス性の幻痛やないかて言われて……ほんまかいなって。

その頃、偶然、取引のあった画商さんから『ねこまた』の以前の所有者の話を聞いてな」

高校の後輩だったからか、直樹はあまり警戒した様子もなく、こちらに事情を明かす。

「あの絵は、もともと先代からお父さまが継いだものでしたね」

「そうや。先代――うちのじいさんも画商でな。じいさんの前の持ち主が死んだとき、親族から遺産の査定を頼まれて、そこで買い取った美術品の中に『ねこまた』があった」

「前の所有者が亡くなったのはご病気ですか？」

「ちがう。焼死やて」

直樹は声を低くした。

焼死――また「火」だ。

「今から五十年くらい前やったかなあ。その持ち主さん、結構な資産家で、丹波(たんば)にあるどでかい豪邸に住んでいたらしい。それがある夜、持ち主さんのいてる寝室だけがきれいに燃えたて聞いた。原因はやっぱり不明」

ほう、と詩子さんの目に妖(あや)しい色が閃(ひらめ)く。

「持ち主を焼き殺す絵、ですか。おもしろい」

「お、おもしろい？」

怪訝(けげん)そうに直樹が聞き返す。

そういうことをはばかりなく口に出すのは控えてほしい。

俺は詩子さんの横顔に醒めた視線を送って、別のことを訊いた。

「ですが、おじいさまが買い取ってからは特に実害はなかったのでしょう?」

「持ち主を憑き殺す絵という噂は聞いたことがありましたけど、俺もおやじも本気にはしてへんかったです。猫又もなんやかわいい顔してはるし、そない悪いもんには思えへんで……。ただ、絵が突然燃えたときはちがった」

そのときのことを思い出したのか、直樹は鳥肌のたった腕をさする。

「カラカラて、なんや車輪が回るみたいな音が聞こえたんです。おやじはそないなもん聞こえへんかったって言うてますけど……。それで気付いたら、猫又の絵が燃えていた。俺たちがいたのは絵の保管庫で、火気厳禁です。当然、火種になるようなものは置いてへん。失火や放火もありえへん。なんやおかしくないですか」

それで今日の相談に至ったらしい。

思いつめた表情で直樹は息をついた。

「『ねこまた』の絵はじいさんから継いだ大事なもんや。そやけど、このままやと、また同じことが起こるんやないかって気が気でなくて。――うたちゃん、月舟の末裔やいうたやろ。なんや月舟の絵について知らへんか」

ふむ、と少し考え込むように詩子さんは抱えた湯呑みのふちに触れた。織部焼きの表面の凹凸を指の腹でなぞり、「わたしも多くは知りませんが」と前置きをする。

「月舟の百枚連作について、代々伝えられてきたことはいくつかあります。信じる信じないは西方さん次第ですが」

「うたちゃんが言うことなら信じるで」

　安請け合いをする直樹に、詩子さんは冷ややかな眼差しを向けた。こちらはまるで信じていない目をしている。

　それでは三つ、と指を立て、詩子さんは口を開いた。

「まず、月舟の百枚連作にモノノケが封じられているという噂ですが。これは本当です」

　初っ端から断言されるとは思わなかったらしい。

　直樹は眉を上げたが、すぐに「うん」とうなずいた。

「次に、その封じられたモノノケが気まぐれに所有者を憑き殺すというのも、本当です。あなたのお見立てどおり、おじいさまの前の所有者は猫又に憑き殺されたのでしょう。それ以前の所有者の中にも、焼死した方がいらしたかもしれません」

「う、うん」と直樹は頬を引きつらせながら顎を引く。

「最後に」と続ける詩子さんは、そこではじめて微笑んだ。それまでが無表情だっただけに、雪原にふいに花が咲いたようなあでやかさが香る。

「憑いたモノノケは祓うことができます。『憑きもの落とし』と呼んでいますが……わたしにとっては、先祖代々続けている家業みたいなものです。こちらの七森さんはわたしの協力者」

憑きもの落とし、と直樹が繰り返す。

まだ理解が追いついていないのか、ポカンと口を開けている。

いくら怪事を目の当たりにしているといっても、詩子さんの話をすぐに信じる人間は稀だ。たいていは今の直樹みたいな顔になるか、こちらの正気を疑う。

「ここでいう『憑きもの』は、絵に封じられたモノノケのことですね」

詩子さんは「ねこまた」の写真をテーブルに置いた。

「元凶となるモノノケを祓えば、発火や足の痛みといった障りはなくなるはずです。絵も元通りになるかと」

「ほ、ほんまに?」

「ただ、ひとつ懸念があるので、先に絵を確かめておきたいのですが。……おとうさまのお話は、まだ終わりそうにないですか?」

控え室のドアに詩子さんが目を向ける。確かめに行った直樹が首を振った。

しかたありませんね、と息を吐き、詩子さんは布製の鞄から枇杷色の画帖を取り出した。開くと、火の玉四つと猫又の下図が現れる。

同じや、と直樹が軽く目を瞠らせた。

「これまで実害はなかったと仰っていましたね。猫又とは本来、そういうものだったのだとわたしも思います。それが最近になって変化した。所有者であるおとうさまに何かが起こり、それに呼応してモノノケが変化したと考えられるのですが……何か心当たりは？」

　直樹の頬にぴりりと緊張が走った。

「変化って？　どういう――」

　そのとき、外から大きな足音がして控え室の扉が勢いよく開いた。

「直樹！」と男の怒声が響く。

「なんや妙ちくりんな客を招いたって聞いたで。おまえ、うちの画廊で勝手に何しとんのや！」

　おやじ、と直樹が慌てた様子で腰を浮かす。

「妙ちくりんな客」であるふたりに見つめられ、西方はばつが悪そうに目をそらした。

「もう帰ったと聞いたのにちがったんか……」とひとりごちて、テーブルに並べられた写真を乱暴につかむ。

「祈禱師だか霊媒師だか知らへんけど、お帰りください」

　挨拶をしようとした詩子さんを制して、西方はすげなく言った。息子とは対照的に背が低く、肥満気味の腹がベルトからはみでそうになっている。神経質そうな小さな目でぎろりと詩子さんを睨み、右足を庇うように引きずって、彼女の前に立った。

「息子は世間知らずで、あることないこと話したんやと思いますけど、火事の件は消防署が対応してくれはりましたし、足のほうかて病院で診てもろうたさかい」

「その右足は病院では治せないと思いますよ」

西方とは対照的に、静かな口調で詩子さんは言った。

「病魔でも火傷でもない。原因はモノノケなのですから」

「何を言っているのか……。原因がモノノケ？」

「月舟シリーズNo.44『ねこまた』、見せていただけませんか？」

眉をひそめた西方に、詩子さんはズイと顔を寄せる。

「あなただって、猫又に憑き殺されるのは嫌でしょう？」

それとも、と目を細め、詩子さんは微笑んだ。

「モノノケに魅入られた側の方なのでしょうか？」

色素の薄い目に生じた炎はうつくしい。知らず魅入られるほど。

西方が息をのむ音が聞こえた。鼻先が触れるほど近づいていた詩子さんを突き飛ばし、

「気味悪い！」と口走る。

「大切な絵をあんたらみたいな妙な連中に見せるわけないやろ。あんた、おかしいわ！」

それまで泰然（たいぜん）としていた詩子さんが微かに眉根を寄せる。それはほんの一瞬の変化で、
彼女はすぐにもとの無表情を取り戻してしまったが。

俺たちを一瞥し、「お客さんのお帰りや！」とオーナーが受付の女性を呼んだ。頼りの

直樹は気まずそうな顔をして口を開いたり閉じたりしている。

ここは一度仕切り直したほうがよさそうだ。

鞄を取り、「行きましょう」と俺は詩子さんを促す。

彼女はしばらく椅子の背もたれのあたりを見つめていたが、やがてプイと顔をそむけて、部屋を出ていった。


「あの、すいまへん、七森さん。うちのおやじが……」

もともとの用件であった、鑑定用の照会書類を鞄から取り出していると、直樹がおずおず声をかけてきた。詩子さんは早々に画廊をあとにしてしまったが、俺にはまだ仕事が残っている。そもそも今日は、依頼品の取引記録の照会のために西方画廊を訪れたのである。

「こちらの説明の仕方も悪かったと思います。照会資料については、ご連絡いただければ、また説明にうかがいますので」

「わかりました。父に渡しておきます」

悄然と顔を俯け、直樹は封筒を受け取った。

父を案じて自分たちを呼んだのに、その父が詩子さんを半ば追い返してしまったことに後ろめたさを感じているのだろう。「うたちゃんに謝っておいてください」としょんぼりと肩を落として言う。

「憑きもの落としのほうはどうしますか」

「あの、七森さんにお祓いしてもらうことはできないんですよね？」

「わたしはあくまで詩子さんの補助なので。詩子さんだと、何か困ることがあるんですか？」

「いえ、ただ父は……うたちゃんのおとうさんとあまり仲がよくなかったみたいで」

　詩子さんの父親である時川東さんは、生前、夜半堂という画廊を経営していた。京都画廊同士つながりがあるのでは、と思っていたが、どちらかというと悪い意味だったようだ。西方オーナーの頑なな態度も、それなら理解できた。

「ふたりの間に何かあったんですか？」

「いえ、俺もよくは知らへんで。ただ、数年前にうたちゃんとおとうさんがうちの画廊に遊びに来てくれたことがあったんです。そのときに、うたちゃんのおとうさん、すぐに帰ってしもうて。それからですね、父とうたちゃんのおとうさんがまったく話さなくなってしもうたのは」

　東さんはひとの言葉によく耳を傾ける穏やかなひとで、他人といさかいを起こす性格ではなかった。その東さんが絶縁をするなんてよっぽどだ。

　なんやあったんかなあ、と首をひねる直樹に、俺は曖昧にうなずく。

「どちらにしても、父のあの様子やとお祓いは……。すいまへん。お呼び立てしておいて申し訳ないんですけど、この話はなかったことにしてください」

「……本当にいいんですか？」

「ほかにお祓い先がないか考えてみます。あるいは最悪――」

手放すしかないということだろう。

絵を所有するのが西方である以上、俺がどうこう口を出すことでもない。直樹の意向を詩子さんに伝えておく旨を告げて、鞄を閉じる。そのとき、ちょうど衝立の陰になったあたりに掛かる一枚の肉筆画を見つけて、俺は足を止めた。

ごう、と燃え盛る車輪を、妖猫が曳いている。

ただそれだけの絵だが、女の髪にも似た細やかな火炎には、今まさに燃え上がったかのような躍動感がある。ひと目見て、これは、と思った。

すばやく落款と署名を確認したものの、全体的に汚損が進んでおり、下方に破れがあった。微かに読み取れた名前を見て、俺は眉をひそめる。

「この絵の作者はどなたですか？」

扉に向かっていた直樹に尋ねると、「ああ」と軽い調子で応じる。

「月舟です。半年前、取引があったコレクターから父が買ったようで。あぁ、こちらは怪事はないみたいです。先方もそないな噂は聞いたことがあらへんって仰ってました」

「百鬼夜行の連作にはない構図ですね」

「そやから、未発表作らしいて聞きました。題名もわからへんのですが、猫又に似ているので習作のひとつかもしれへんって」

確かに二作のモチーフや構図はどことなく似ている。習作を重ねたすえ、百鬼夜行図の「ねこまた」にたどりついたとも考えられるが、さてどうだろうか。

ひととき画中の猫を見つめると、俺はそれ以上の追及はせずに「そうですか」と顎を引いた。

三条駅方面に出ようとしてから思い直し、端末の電源を入れる。

詩子さんあてに短いメッセージを送ると、現在地を知らせる単語だけがそっけなく返ってきた。陽射しの強さに辟易としつつ、建物の陰になっている場所を探しながら烏丸通の方向にしばらく歩く。

ひとごみの中、詩子さんはポツンと車止めに腰掛けていた。下駄を履いた足を不機嫌そうにぶらぶらさせながら、イカ下足の串を食べている。醬油のついた口元が汚れている。

膝の上には、ほかにもたこ焼きや焼きそばのパックがあった。

「やけ食いですか」と呆れて尋ねると、詩子さんはツンとして、またイカ下足をほおばる。

「何ですか、七森さん。宵山見物はごめんだったんじゃあないんですか」

「……ぶうたれたお嬢さんのご機嫌とりをしようかと思いまして」

「あれくらいでぶうたれませんよ。失礼な」

眉根を寄せた詩子さんはぜんぜんぶうたれている。普段泰然としているわりに、このひとは時折びっくりするほど感情が外に出る。「ねこまた」の絵が見られなかったことに腹を立てているのか、帰り際に放たれた西方の暴言が原因か。あるいは単にイカ下足の味がお好みでなかったのか。

俺はパックの入ったビニール袋を横から持ち上げた。口元を懐紙で拭いている詩子さんに右手を差し出す。

「月鉾からいきますか。お付き合いしますよ」

きょとん、と詩子さんの目がこちらを見返す。

俺の真意を探るようにしたあと、童女のようにあどけなく相好が崩れた。

「蟷螂山のからくりも見たいです。仕事は？　七森さん」

「今日は休日出勤でしたから」

「それはお疲れさまでした」

ふふっと機嫌よく微笑み、詩子さんが差し出した俺の手を取る。

幼い頃と同じ、子どもと大人がする手のつなぎ方だ。それ以上を俺が求めたことはないし、詩子さんがそうしたいと願ったこともない。表向き、自分たちの関係は変わらない。ときどき縁が切れ、忘れた頃につなぎ直し、つかずはなれずに十年以上ずっと。

「こうしていると、幼い頃を思い出しますねえ」

見物客の間を並んで歩きながら、詩子さんがのんびり言った。

風の向きか、コンチキコンチキの音が大きくなった。

「あぁ、見えてきましたね」

喧噪の熱に、そっと風が吹き寄せて、詩子さんの左で束ねた髪を揺らす。

髪を直す女の白い指先から目を離し、俺は日輪を背にした山鉾を仰いだ。


宵山を見物したあとは、久しぶりにニシンそばを食べて、鴨川沿いの遊歩道を歩いて帰った。月舟がポンと身を投げたという三条大橋の上では、市バスやタクシーがせわしなく行き交っている。そこに魑魅魍魎の棲む古都らしい暗がりはない。

「帰り際に、憑きもの落としは取り下げると直樹さんが言っていましたよ。どうしますか」

人工的な灯りが揺らめく夜の川面を眺めながら、俺は言った。

「西方オーナーもあのとおりでしたし、直樹さんまで乗り気でないなら、別の方法を考えないと難しいかもしれない」

「――あぶられるように痛むと言っていましたね」

川沿いにまっすぐ伸びた道は、街灯の光と川べりの闇がまだらに交じり合っている。

詩子さんは遊ぶように影踏みをした。桔梗の描かれた白い袖が、透け入るように闇夜にひるがえる。カランとひとつ澄んだ音を鳴らして、詩子さんがこちらを振り返った。

「このままだと、憑き殺されるんじゃあないですか。猫又に」

恐ろしいことをかわいらしい声で言う。

「その前にどうにかするのが、貴女の家の務めでしょう」

「あいにく家業には不真面目なんです」

肩をすくめ、詩子さんは下駄を鳴らしてまた歩く。

「先方もわたしはお呼びでないようですし。なら、どこで誰が憑き殺されたってこちらの知ったことじゃあない。かつては、血縁がしたことだからと誠心誠意励んでいたのかもしれませんが、百五十年も経てば、先祖の罪科を背負えというほうが馬鹿げていますよ」

妖怪絵師の血を引く女は、至極割り切った物言いをする。

実際、彼女は人間というものにほとんど興味がない。どこで誰が憑き殺されたってかまわないと、たぶん本当に思っている。

「でも、モノノケは」

ふと声を落として、詩子さんは空に浮かんだ月を仰いだ。

ふてぶてしさがするりと抜けた、素の少女の貌がのぞく。

「かえしてあげます、もとの棲み処に。ずっと画中に閉じ込められているのは、かわいそうですから」

それが彼女の偽りのない願いだとわかっていたから、俺は何も言わなかった。

代わりに別のことを口にする。

「ひとまず先方の事情を探らないことには。錺屋に連絡を取ってみます」

「錺屋さんですか」と詩子さんはくすりと笑った。

有能な男だが、詩子さんとはまたちがった意味で面倒な男でもあった。辟易とした気持ちが顔に出ていたのだろうか、詩子さんはなんだか愉快げだ。

「ときどき、こちらにも寄るようお伝えください。それと糖分は控えめに、と」

三

昼の休憩で烏丸ファシリティの外に出ると、アスファルトの照り返しが目を焼いた。クーラーで冷えていた身体にうだるような熱気が押し寄せる。

約束の場所は烏丸駅前のファストフード店だった。

道路に面したテラス席で、ノートパソコンを開いてメールを打っていると、前にチーズケーキとシナモンロールとマフィンの積み上がったトレイが置かれた。

女子高生と見まごうセレクトをしているのは、俺と同年代の男だ。

アウトドアスポーツでもやっていそうな鍛えた身体と日に焼けた浅黒い膚。ポロシャツにジーパンというラフな服装をした男は、黒のサングラスを外して、にんまり口端を上げた。

「や、七森。おまえから呼ぶなんてめずらしいやんか」

「錺屋」

スイーツの甘ったるいにおいに顔をしかめて、俺はわずかに椅子を引く。

対面にどかっと腰を下ろした男は、何食わぬ顔でマフィンのフィルムを剝がした。本人いわく、一定量の糖分を摂取しないと死ぬ病にかかっているらしいこの男は、俺や詩子さんの昔馴染みで、今はフリーの記者をやっている。専門はオカルト誌だが、金をはずめば使い走りとしてどんなネタでも取ってくる。

錺屋には、西方画廊と接触した日の夜に連絡を取っていた。二週間ほど音信不通だったが、きのうようやく返信があったので、休憩時間に会えないかとここまで呼び出したのだ。

「ほい、頼まれていた資料」

プラスチック製の丸テーブルに、無造作に紙の束が置かれる。中には、西方画廊のここ十年ほどの購買記録が可能な限り並んでいた。無論、通常なら手に入るはずもない裏情報である。入手方法はあえて聞かない。

日本美術を専門に扱う西方画廊は、国内でも名のある資産家や民間の美術館とも取引がある。しかしそれは十年以上前の話で、ここ数年は個人の顧客との売買が大半を占めた。

「震災やなんかで一時期国内向けの取引がぐんと減ったらしい。五年前には一度大物の取引で失敗したはる。相手に前払金だけ持ち逃げされたんや。一度は経営が傾いて大変やったらしいでー。なんやそれでいろいろ悪い噂も流れとってな」

マフィンを食べ終えると、錺屋は虹色のコーティングがされたシナモンロールをわしづかむ。甘味を次々腹におさめていく二十代半ばの男の姿は人目を引きそうなものだが、テラス席にほとんどひとがいないので、顔をしかめているのは俺くらいだ。

「それ、どうにかなりません？」

話の腰を折るつもりはないが、つい口にしてしまった。

「見ているだけで気持ち悪くなる」

「今日もいっぱい働いたし、糖分が必要なんよ。気になるなら、おまえも食べたらええやん、レインボーワンダフルロール。あぁ半分食う？」

「遠慮しておきます」

「謙虚は日本人の美徳やねんけど、やりすぎはよくないでー」

「心の底から遠慮しているだけです、おかまいなく」

ちぎったシナモンロールを押しつけようとした男に、丁重に辞意を示す。せめて甘ったるいにおいだけでも払いたくて、アイスコーヒーに口をつけた。

「糖分控えめにと詩子さんから言伝（ことづて）を受けましたよ。無駄でしょうけど、いちおう伝えておきますね」

「甘いもん食わへんと死ぬ病にかかっとるんやもん。ちゅうか、七森。おまえこそ、その隙のない東京言葉、どうにかならへんの」

　とりあえず何かを言い返したくなったのか、錺屋はもう何べんも繰り返している話題を持ち出した。「母親が東京人ですから」と俺はいつもどおりの答えを返す。

「それで、悪い噂というのは？」

「んー……いわく、扱う美術品の質が落ちたとか、危ない仕入れルートに手をつけてはる、とかな」

「というと？」

　表に並んだ美術品の数が減ったことは、俺も感じていたが、さらに不穏な言葉が飛び出たことに眉をひそめる。

「通常、画商ていうのは信用できる取引先をいくつも国内外に持ってはる。西方は五年前の大物取引の失敗で、パイプをいくつか失ったらしい。代わりに、新しい取引先を開拓し始めたんやけど、これがまあ、玉石混淆らしゅうて」

「贋作が流れているということですか」

「心当たりがあったんか？」

　器用に片眉を上げて、錺屋は指についたパン屑を舐めた。

まあ、と曖昧に濁して、俺は一枚の絵を脳裏に描く。

――燃え盛る車輪を曳く妖猫。

あのあと調べたが、やはり月舟の百枚連作の中に同じ構図のものはなかった。つまり月舟の未発表作ということになるが、あの筆致には見覚えがある。

月舟と対をなすように描かれた百鬼夜行の贋作。

月舟の名で描かれたそれらは、ときに月舟の筆致をなぞるように、ときに贋作師当人の解釈をまじえながら九十九枚、月舟シリーズから一枚欠けた数だけ存在しているという。一説にこの贋作師は、月舟の弟子であったともいわれ、その才に嫉妬するあまり、三条大橋から月舟を突き落として殺したらしい。真偽のほどは定かではないが、確かに贋作師の連作には、月舟に対する並々ならない執着が感じられた。

俺の目が正しければ、月舟の未発表作をうたったあの絵は、贋作師が描いた偽の百鬼夜行連作の一枚だ。モチーフから考えるに、おそらく月舟の「ねこまた」に相当する作。

「けど、今の時点でこれやっていうネタは見つからへんかったな。一部の画商の間では噂になっとったみたいやねんけど、実際に変なものつかまされたって訴えたひとまではおらん。西方を追及するには弱いのとちゃう」

「別にこちらは断罪するつもりも、敵対するつもりもないんですけどね」

西方が憑きもの落としに応じるなら、ほかのことについてあれこれ言うつもりはない。

「例の憑きものか。飽きもせずにようやるなあ」

自分たちの事情を知る数少ない人間のひとりである錺屋は、呆れた風に首をすくめた。

「詩子さんがいちおうやる気ですからね」

「けど、ほっとけないんやろ。大変やなあ、幼馴染みてのは」

「ただの腐れ縁ですよ」

「腐ってはるより、根深いんちゃう？　菌糸が張って発酵してそうやわ」

マフィンとシナモンロールとチーズケーキを平らげ、錺屋は一緒に頼んだコーラをがぶりと飲む。甘味にコーラ。糖分の過剰摂取でおかしくなりそうだ。

「ただ、興味深い点もひとつ」

あっという間に空にしたグラスを置いて、錺屋は頬杖をついた。

「ここから先は昔馴染みかて、有料やなー」

「……いくら払えばいいんですか」

「キルフェボンのマスカットもりもりのタルト、来月から発売なんやで」

ご丁寧にチラシを出した男に、「どうぞひとりで楽しんできてください」と冷たく突っ返す。ちぇ、と錺屋はつまらなそうな顔をした。

「つれへんなあ、七森。うたちゃんとふたりで行ったら不貞腐れるくせに」

「あちらもいい大人なんですから、誰と交友しようととやかく言いませんよ」

「そやけど、うたちゃんが彼氏作ったらこき下ろすやろ」

「趣味が悪い男だったら、アドバイスくらいはしますが」

話しながらめくっていた購買記録に見覚えのあるタイトルを見つけて、俺は手を止めた。

「月舟の未発表作、購入は半年前」

「なんや、先に見つけはったな」

にやりと錺屋が口端を上げる。

「売却者の名前がありませんね」

「そ。たどってもわからへんかった。不明や」

危ない仕入れルートを使うようになった、という錺屋の言葉を思い返す。

ともすると贋作の疑いがあるこの作品を西方に流した相手は、いったい何者だろう。

「おうおう、難しい顔して考えてはる。寿命縮めるでー、七森」

「君に言われたくはないですよ」

嘆息して、俺は腕時計を確認する。

十二時四十五分。そろそろファシリティに戻らなくてはならない。

「最後にひとつ。『ねこまた』の以前の持ち主については、どこまでたどれました?」

「あぁ、例の焼死した富豪さんな」

調べはついているらしい。花岡(はなおか)という名前と略歴が載った紙を一枚差し出して、錺屋はグラスに残った氷を嚙み砕く。

「戦前、軍艦の製造で財をなしたんやて。何でも死ぬ前、周囲によう漏らしていたらしいで。『俺の船のせいでひとが死んだ』て。老い先短くなると、自分の人生について悔恨やら懺悔やらし始めたくなるのが人間なんかね」

写真に写った初老の花岡の目は暗い。神経質そうにこちらを見つめる目が西方のそれに重なり、俺は眉をひそめた。

「人それぞれでしょう。少なくとも君はそういうタイプじゃなさそうだ」

もらった資料を鞄にしまうと、「マスカットもりもりタルト」用のお札を置いて立ち上がる。受け取った錺屋がにっと八重歯を見せた。

「毎度おおきに。うたちゃんによろしゅう頼むわ」

まだふたつめのチーズケーキが残っていたらしい。手づかみでケーキに取りかかった錺屋に、いちおうの礼を言って俺は店を出た。


詩子さんはおでこに冷却ジェルシートを貼っていた。

しかめ面をしたまま、膝に抱いた画帖に鉛筆を走らせる。宵どきの古長屋の縁側には、彼女が生み出した無数のスケッチが折り重なるようにして散らばっていた。

猫の絵が多かった。毛を逆立てて唸る猫、大あくびをする猫、格子窓から外を眺める猫。

そのうちに猫の横顔は艶を帯び、男を誘惑する芸者猫に変わる。三味線（しゃみせん）を爪弾（つまび）く手。しどけない襦袢（じゅばん）の裾（すそ）からのぞいた白い足……。

　彼女が描き捨てたスケッチがひらりと足元に落ちてきたので、俺はそれを拾った。

「……夏風邪ですか？」

「知りません」

　今日の詩子さんはなんだか機嫌が悪いようだった。

　うちにたぎる熱を散らすように黙々と手を動かす少女から話を聞くことを諦め、スケッチの下にうずもれていた紙の束を引き出す。どうやら、先日美大で開いた作品展の感想のようだった。

　見なければよいのに、と俺は少し呆れる。

　詩子さんは確かそこに蟷螂女（かまきりおんな）を出したのだ。二曲半双の屏風に描かれたのは、彼女らしい艶とうすくらがりを感じさせる異形だったが、来館者の感想は二分していた。

「どうせ、悪趣味ですよ。気味が悪い、おぞましい絵を描く……」

　詩子さんというのは他人に無頓着（むとんちゃく）なくせに、他人の言葉に傷つきやすいという複雑怪奇な精神構造を持つひとで、作品を外に出すとだいたい熱を出す。どうしてもそうなる。彼女の描くものは万人には愛されないからだ。

　いい加減、そういう己（おのれ）に諦めがついてもよさそうなものなのに、詩子さんはそのたび深く傷つき、目を赤く腫らしながら何かにすがるように絵筆を握る。

すんと鼻を鳴らした少女に嘆息し、俺はスケッチを踏まないように幾枚かを拾ってどかした。

「お夕飯は食べたんですか」

こちらの声が聞こえているのかいないのか、詩子さんはまた画帖に何かを描いている。丸くなった鉛筆の芯が紙の上をザリリ、ザリリと動く。何かを生み出す音だが、何かを削る音でもあった。すがるように描く彼女の横顔を見ているとき、俺はこの絵師をいとおしいとも、憎らしいとも思う。

「食べますか、桃」

どっしりした重みで揺れるビニール袋を差し出すと、詩子さんはようやく顔を上げた。

桃は詩子さんの好物である。果物ナイフで俺が切るそばから、切り分けた桃を摘まむ。俺のぶんを残しておく心遣いはないらしい。しかたないので、芯の部分をそのまま齧った。

夏でも不思議とひんやりしているこの家では、扇風機が唸りながら首を回している。蚊取り線香がそばで焚かれた網戸から、時折湿った風が舞い込む。少し前に雷まじりの夕立があった。水滴のついた網戸の外を足早に駆ける影を見つけて、俺は目を細める。

「近頃、ヤモリをよく見かけますすよ」

「ヤモリ……なんていましたっけ？」

ジェルシートを剝がしながら、詩子さんが首を傾げる。

「『こちら側』のヤモリとは少し形がちがいますからね」

ジェルの滓がくっついた額に手をあてると、微熱のようだ。そそくさと夜闇に消えてしまった影から目を離し、俺は二個目の桃を剝いた。

畳張りの居間で桃を食べながら、錺屋から聞いた話を伝える。

西方画廊が怪しい仕入れルートに手をつけていたかもしれないこと、月舟の贋作を流した相手がいるらしいこと。

「つまり、西方オーナーの周辺で『ねこまた』の怪事が起きたのは、オーナーのもとに贋作が流れるようになったことがきっかけだと七森さんは考えているんですね？　西方画廊にあった月舟の未発表作も贋作であると」

「まあ、そうなりますね」

「確かに時期は一致しますものね。でも、七森さんが言う未発表作って、『ねこまた』というより……」

詩子さんはそこで少し考え込み、「カシャ、なんですよね」と呟いた。

「カシャ？」

とっさに字がわからず聞き返した俺に、詩子さんが「火車」と膝にのせた画帖に書いて示す。その隣に、業火を燃やす巨大な車輪とそれを曳く妖猫を描きつけた。確かに、俺が西方画廊で見かけた月舟の未発表作にモチーフは似ている。画帖を眺め、俺は首をひねった。

「……でもこれ、猫又ですよね。火の車輪を曳いていますが」

「そうです。ただ、火車になると多少、性質が変わる」

さなかに鞄に入れていたスマートフォンが振動を始める。

発信元は西方直樹。通話をつなぐと、『七森さんですか⁉』と焦燥気味の声が誰何した。

「ええ。何かありましたか?」

『その、父が急に右足が痛むて言い出して……あまり様子がおかしいので、救急車を呼ぼうとしたんですが、そうやない、絵が燃えているって』

直樹自身、気が動転しているらしい。とりとめのない言葉からはいまひとつ状況がつかめず、「『ねこまた』がですか?」と俺は聞き返した。

『そうです。修復は終えたはずなのに、さっき見たらまた右下のあたりが焦げとって。見たところ、燃えてはいないようなんですけど……』

話している間にも、激しい物音が直樹の背後から上がる。火が、火が、と騒ぐ声がして、続けて何かが転倒するような音が立った。

『あっ、おやじ！　すいまへん、やっぱり救急車を呼びます。いや、消防がええんか?

とにかく、あとでまた――』

「それには及びません」

マイペースに桃を咀嚼する詩子さんに目を向け、俺はきっぱり言った。

「十五分お待ちください。専門の『医者』を連れていきます」

ここから西方画廊のある寺町なら、電車より車が早い。西方画廊の状況を説明しながらスーツを羽織っていると、「まだ桃が」と未練がましく詩子さんが呟いた。「あとでまた剝きますから」となだめて、桃の皿を片付ける。

あぁ、とかなしげにため息を漏らした詩子さんは、しぶしぶといった様子で、根付けのついた車のキーを俺に渡す。

「運転はお願いしますよ、七森さん」

「憑きもの落としの準備のほうは？」

「そちらはぬかりなく」

五本指の靴下をはいた詩子さんは、たすきがけの紐を袖に回してきゅっと肩口で結んだ。見れば、雁皮紙を張った桐のパネルが数枚に、絵皿や岩絵具、各種筆といった画材一式を包んだ風呂敷が、表玄関の上がり框にデンと置いてある。

首尾がよすぎる詩子さんを俺は怪訝な目で見た。

「どうにも準備がよすぎやしませんか」

「そりゃあ、今夜は満月ですから」

夏虫の鳴き出す古長屋。

中天に懸かった月を背に、詩子さんはうっすら微笑んだ。

「満月の夜には昔から、モノノケが踊りて、ひとをたぶらかすそうですよ」

逆光となっているせいで詩子さんの表情はわからない。けれど、微笑んだのだとはっきりわかる。うつくしくも、妖しい微笑だった。浮世と幽世、光と闇のはざまを生きる女の。

「……悪人面ですよ、お嬢さん」

返す言葉に迷って、俺は呟いた。

「猫又は火車になると、多少性質が変わるとさっき言ったでしょう?」

カーナビに住所を入力しながら話す詩子さんは、俺の揶揄は聞こえていないか、無視している。シートベルトを締めた俺に、詩子さんが囁いた。

「火車はね、七森さん。罪人を裁くそうですよ」

西方の神経質そうな目が脳裏によぎって煙のごとく消えた。フロントガラスに残った雨滴をワイパーで払うと、金の月が正面にくっきりと現れる。

ああ、まったく。

モノノケにふさわしげな月夜である。

　西方画廊のシャッターは下ろされていたが、通用口の扉は開いていた。

　インターホンは省略して、ステンレス製の扉を押し開ける。ギャラリーに踏み込むと、壁に掛けられた「ねこまた」の前で、西方が右足を押さえて呻(うめ)いていた。

「火が……火が消えへん！」

　西方の額には脂(あぶら)汗がびっしり浮かび、火の粉を振り払うようにやみくもに手を振り回す。しかし、室内の火災報知器は作動しておらず、火気はどこにも見当たらない。

「おやじ、落ち着け！」

　直樹が身体を押さえようとすると、「ひぃっ」と西方が何かに気付いて目を剝いた。

　直後、火花がチリッと耳元で弾け、振り返ろうとした俺の横を巨大な漆(うるし)塗りの車輪が駆け抜ける。平安時代の牛車(ぎっしゃ)か何かに使われていたような車輪は赤々と燃え、曳き手の妖猫は火炎と化した体毛をビョウとなびかせている。見えているのは俺と西方のたぶんふたりきりだ。

　カラカラカラ……

　妖猫が車輪を回すと、舞い上がった火の粉がギャラリーの壁に掛けられた絵に降りかかる。

「あかん！」

　西方が目を血走らせて叫び、壁に向かって突進する。だが、絵に手が届く前に、床を這(は)

うコードに足を引っかけて壁にぶつかった。

「おやじ⁉」

額から血を流して倒れた西方に直樹が駆け寄る。あちらのものが見えない直樹には、西方が突然錯乱（さくらん）したとしか思えないだろう。しかし、俺の目には、倒れた西方の頭上で舌なめずりをする妖猫が見えた。

画中のモノノケに視線を走らせる。

月舟シリーズ№44「ねこまた」。

修復されたはずの絵の右下方では、熱のない炎がゆらりと立ちのぼっている。額を押さえて呻く西方の右足にも、同じ炎がまとわりついていた。直樹や詩子さんには見えないが、俺の目には映る。そういう種類の炎である。

「放っておくと、本当にサンマの塩焼きになりますよ、詩子さん」

息をついて、俺は詩子さんを振り返った。

いわく、天才絵師・月舟が描いた絵にはモノノケが棲んでいると。

それは真（まこと）である。

鬼と交歓した月舟は、画中に百のモノノケを閉じ込めた。月舟の死後、百五十年経った今も彼らは自由を与えられることなく、ただ持ち主をたぶらかすことを存在意義としている。

詩子さんはこれらのモノノケを描くことで己の画中に封じ直し、在（あ）るべき異界へと返す。先祖代々磨いて極めた憑きもの落としの技である。

小瓶に入った十数色の岩絵具と膠液（にかわえき）、絵皿に数種の筆。

通常、岩絵具は鉱石や半貴石を砕いて作るが、詩子さんが持っているのは精製過程で祓いのまじないを込めた特殊なものだ。

シュルリと裾をさばいて片膝をつき、詩子さんは背丈の半分ほどはある雁皮紙のパネルに、墨をたっぷり吸った筆を置いた。それまで西方の右足を包むように揺らめいていた炎が噴き上がる。

「お願いします、七森さん」

詩子さんとちがって、俺にモノノケをどうこうする術（すべ）はなく、あるのはモノノケを見る見鬼（けんき）の才くらいである。見えない詩子さんのために、彼女の「目」の代わりをするのが俺に振られた役割だった。

現れたるは火車ひとつ。

赤い火の玉が周囲を乱舞し、炯々（けいけい）と目を光らせた猫又が巨大な車輪を曳いている。舌なめずりをする猫は今にも西方を喰（く）らわんばかりだ。

「漆塗りの二輪の車輪、それを曳く猫又、四方に赤い四つ火の玉」

じっと俺の声に耳を傾けていた詩子さんが目をひらいた。

うす紅の炎が詩子さんの眸にも揺らめいている。たおやかな女の手には不釣り合いな筆が、紙上に力強く躍動する線を生み出す。

漆塗りの二輪の車輪、それを曳く猫又、四方に赤い四つ火の玉。

月舟とはちがう、時川詩子の猫又を。

「体毛は金茶、炎は朱……訂正、猩々緋」

あらかたの線描が立ち上がったのを見て取り、俺は続ける。

天井ほどの高さに伸び上がった火車の後ろを通って、西方画廊のガラス戸にお札を一枚貼り付ける。知り合いの神社でもらった魔封じ用の札だが、効能はそれなりにあるようだ。

ついでに西方を手当てしていた直樹に、「すいませんが」と声をかける。

「この画廊に消火器はありますか。燃え上がる前に祓うつもりですが、念のため」

「ええと、事務室に確か……！」

もはやあれこれ考えてもしかたないと腹をくくったらしい。「さっき救急車は呼びました」とだけ伝えて、直樹は消火器を取りにギャラリーを出ていく。

俺は窓にも一枚お札を貼った。

「どうです？」

「もう少し」

俺が挙げた色を指で溶いていた詩子さんは、彩色用の筆をそこに浸した。白い毛先にゆっくり赤の絵具が染みこんでいく。背筋を正し、詩子さんは筆を構えた。すっと筆を立てのびやかに腕が動く、絵師のたたずまい。

墨の描線のうえで、朱の筆が鞭（むち）のしなるように走る。

詩子さんが筆を動かすたびに、紙上で火炎が舞い上がり、モノノケの妖しい吐息がすさぶ。反対に眼前のモノノケの精彩は薄れ、天井まで伸び上がった車輪もするするとしぼんでいった。

——誘われる。

かつて詩子さんの父親は、一人娘の筆について、こう評した。

彼女の筆はモノノケすら魅了する、と。

「訂正、毛は金茶にややグレー」

「的確な表現を。慎ましさと優柔不断は紙一重ですよ」

「……黄朽葉（きくちば）。貴女がお好きな色ですよ」

モノノケを観察するだけの俺とは対照的に、筆を握る詩子さんの額には玉の汗が浮かび出す。胡粉（ごふん）を溶いた絵皿に汗が一滴落ちた。ぐいと顎を拭（ぬぐ）うと、詩子さんは薬指で絵具をすくう。何に目を留めたか、その口元にふっと凄艶（せいえん）な笑みがのった。

「そうですね。黄朽葉はにおいたつようで良い」

金茶の体毛に、胡粉のやわらかな白が薄くはかれる。固く強張っていた毛に生気がみなぎり、ふつふつと震え出した。

なるほど、詩子さんは筆を通してモノノケと対峙(たいじ)している。色を掛け合わす筆の乱舞と、次第に荒ぶるモノノケの動きと。

——四つ火の玉に、二輪の車輪、踊る猫又一匹。

朱を含んだ筆が、デデン、と猫の目の中央に置かれた。

画竜点睛(がりょうてんせい)。パッと飛沫(ひまつ)を上げながら、詩子さんが筆を離す。

「あぁ……」

消火器を手にかたずを飲んで見守っていた直樹が息を吐く。

画中には、月舟とは異なる猫又の姿が鮮やかに描き取られていた。西方の右足から立ちのぼっていた炎は消え、静けさを取り戻したギャラリーに、詩子さんの荒い息遣いだけが聞こえる。

折よく表からサイレンの音が鳴った。直樹が呼んだ救急車が到着したようだ。通用口のお札を剝がしていると、救急隊員が中へ駆けこんでくる。

額から血を流した初老の男に、着物姿の少女、床に散らばる色とりどりの絵具や筆。ぎょっとした顔をする救急隊員に、さてどう説明したものかと俺はひとり息をつく。

四

西方オーナーは額の怪我と殴打した頭の検査のため、府立病院に入院になった。もちろん火車に襲われたなんて理由が通るはずもなく、突発的な幻覚として処理されたようだ。

祇園祭が終わり、京都の夏は盛りを迎えている。油蟬が始終鳴き立てるせいで、感じる暑さはいや増した。灼熱の陽にひときわ白く照り返す、烏丸病院と書かれた建物を仰ぎ、俺は自動ドアをくぐった。

「七森さん」

受付で面会の手続きをしていると、後ろから声をかけられる。

空の車椅子を引いた直樹が軽く会釈をした。

「父は今診察中で……すいまへん、あと三十分くらいかかりそうです」

「いいえ、こちらこそ連絡も入れずに失礼しました」

見舞いの品を渡すと、直樹は恐縮した様子で首をすくめる。

大学は夏季休暇中のようだ。Tシャツにジーパンという、画廊にいたときよりもいささかラフな服装がいかにも大学生らしい。これが普段の直樹なのだろう。

ひとの多い談話室を避けて、屋上庭園に出る。緑化されたコンクリートには随所に日よけのついたベンチが置かれ、談笑する見舞い客がちらほら見えた。「さすがにまだ暑いですね」と呟いて、直樹はベンチに腰掛ける。高いフェンス越しには京都市内が一望でき、遠くに連なる山々が青い稜線(りょうせん)を描いている。

「何からお話ししたらええのか……」

　途中で買ったペットボトルを俺に渡し、直樹は眉をひらいた。

「うたちゃんと七森さんには感謝しかないです。『ねこまた』の絵、今は何も起こりませんし、父の右足も痛まなくなったみたいです」

「それはよかった。怪我のほうは?」

「額は五針縫うことになりましたけど、検査でもほかに異常はなしやて。正直、この程度で済んでほっとしてます」

「そうですか」

　ペットボトルのキャップをひねる俺を直樹がうかがう。しばらくためらうそぶりを見せてから、やがて吹っ切れた様子で顔を上げた。

「七森さんが気にしたはるのは、もうひとつの絵のことですよね。月舟の……」

「未発表作」

「はい。あれはたぶん、月舟のものやない。誰かが月舟を騙(かた)って描いた贋作です」

　重い息を吐き出し、直樹はペットボトルを握り締めた。

「うちの画廊の経営が厳しいことは、なんとなく気付いていていました。ただ、来歴が定かでない作品にまで父が手を出していたなんて、今回のことがあるまで俺も気付きませんでした」

悔恨の滲んだ直樹の顔を眺め、俺は沈黙する。

本当にそうだったのでしょうか、と。

尋ねる言葉を口にしかけて、やめる。

西方は息子に経営の相談をするタイプには見えないが、ふたりは親子である。むしろ、仕入れ先の変化にもうすうす気付いていて、父親に疑念を向けていたと言われたほうが俺のような人間はしっくりくる。

たとえば、三年前、詩子さんと父親の東さんは、西方画廊を訪ねた。以来、西方オーナーと東さんは絶縁状態にあったと話していたのは直樹である。日本美術の目利きだった東さんは、そのときに西方画廊の窮状を察したのかもしれない。東さんが直接何を言ったのかはわからないが、東さんの態度から直樹も何かを察したのではないだろうか。

そして、父親に疑念を抱くようになった。

極めつけは月舟の未発表作を騙った「ねこまた」である。

直樹の疑念を映して、猫又は姿を変えた。「罪人」を裁く——火車の姿に。

『所有者であるおとうさまに何かが起こり、それに呼応してモノノケが変化したと考えられるのですが……何か心当たりは？』

あのとき、詩子さんに訊かれた直樹は言葉を詰まらせた。

心当たりは、あったのか。なかったのか。

詩子さんが憑きもの落としをしなければ、直樹の疑念は父親を焼き殺していただろうか。

「――自分を止めてほしい。そんな父の思いが猫又を火車に変えたのかもしれません」

たぶん心から口にしているらしい直樹に、俺は苦笑した。まあそういう解釈でもよいか、と思う。

幸い月舟の未発表作は店の表に出す前だった。贋作は外に流れずに済んだし、西方もしばらくは取引先の開拓に慎重になるだろう。仮に猫又が姿を変えた原因が直樹のほうにあったとしても、無意識のうちに疑念を向けていたというだけで、害意があったわけでもない。万事解決である。

「そういえば、七森さんはなんで、その、憑きもの落としなんてものを？」

飲み干したペットボトルをつぶしながら、直樹が尋ねる。

あぁと少し考え、俺はキャップを締めたボトルをベンチに置いた。

「モノノケが見えるんです、子どもの頃から」

ぽかんとした直樹に、「反対に」と言葉を続ける。

「彼女、時川詩子はそういったものが見えません。時川家に伝わる憑きもの落としの技法は、『見える』ことを前提としたもの。彼女ひとりでは憑きものは落とせません。そういうお互いの利害と事情をかんがみて、わたしは彼女に協力しているんです」

彼女が母親から憑きもの落としの家業を継いだ一年半前から今の関係は続いている。あのときはまだ高校生だった詩子さんは、弔問に来た俺の黒ネクタイをつかんでこう言った。

すべての憑きもの落としを終えるまで——

わたしにあなたの「目」をください、七森さん。

「利害って、七森さんのほうがだいぶ損してません？」

首を傾げた直樹に、

「腐れ縁ですから、今さらですよ」

と俺は笑う。皆まで意味が通じたわけではなかろうが、つられたように直樹も眉をひらいた。

「さて、直樹さん。ここから先は謝礼の相談になるんですが」

「謝礼？」

いぶかしげに聞き返し、直樹はあっという顔をした。

「すいまへん、気付かなくて。あの、おいくらでしょうか……？」

どれほど巻き上げられるのだろうと不安そうにする直樹に、俺は首を振る。

「お金なら要りません。代わりといってはナンですが、例の月舟の『未発表作』をわたしに譲ってもらえないでしょうか」

「ですが、あれは月舟の贋作ですよ」

「ええ。だからこそ、欲しいんです。もちろん悪用はしないと約束します」

あの絵を描いた人間には心当たりがある。

当代の人気絵師に引けを取らない画力と高い技術を持っていながら、決してオリジナルにはたどりつけなかった落伍者。江戸末期、移りゆく浮世の中で、世の芸術家たちを嘲笑うかのように贋作を続ける者がいた。

「買い手がついてはる作品やないし、かまへんと思いますが。贋作が欲しいなんて、不思議なひとですね」

「不承ではあるのですが。これも先祖の盛大な尻ぬぐいとやらです」

肩をすくめ、俺は鞄を持って立ち上がった。

「そういえば、あの絵はどこから入手したんですか？」

階段を下りながら、ふと思いついたことを尋ねる。通常、購買経路や顧客について画廊が明かすことはないが、おそらく月舟の「ねこまた」に相当するあの絵がどんな経緯で西方画廊にたどりついたかには興味があった。しかも、錺屋の情報収集をもってしても、相手の身元は不明だったからなおさらだ。

「ああ、あれは……。半年前、とあるコレクターから買うたものです。父も、何や妙に気にかかる絵や思うて置いていたようなんですが」

「とあるコレクター？」

「九十九、と名乗ってはったみたいですね。今回のことがあったあと、あらためて調べたら、もらった住所も連絡先もでたらめ。そない名前のコレクターはおらへんそうで、狐につままれた気分です。……七森さん？」

思案げに口を閉ざした俺を直樹が呼ぶ。曖昧に相槌を打ちながら、俺の意識は昔日に吸い寄せられている。

かつて、大学生だった俺は「九十九」と名乗る男に出会い——、短い間ともに仕事をした。

脳裏に、いびつな植物めいたひょろ長い影が蘇る。込み上げてきた苦い感情を飲み下し、俺はこめかみを押した。


ひとつの記憶がある。

晩夏の昼下がり。ジィジィ蟬が鳴き立てる中、薄暗いアトリエの床には描きかけの下図が何枚も散らばっている。やがて描線は混ざりあい、淀み、黒色の粘ついただけの液体になる。絵筆を握ったまま、床にうずくまる俺の耳元で細長い影が囁いた。

——おまえにオリジナルなんて、描けないんだよ。

——一生、描けやしないんだよ。

あのときから俺は、ずっと絵筆を握れていない。


仕事帰りに鴨川のほとりにある長屋に寄ると、詩子さんが玄関の前で打ち水をしていた。アスファルトの道に、撒かれた水が香り立つ。前髪をピンで留めた詩子さんはこちらに気付くと、「こんにちは、七森さん」と微笑んだ。

「西方さんのお加減はいかがでしたか?」

「経過は良好のようですよ。貴女に感謝してました」

直樹との会話をまとめると、まあそういうことだろう。

いまひとつ腑に落ちない顔で、「そうですか……?」と詩子さんは首を傾げ、長屋の引き戸を開けた。昔、夜半堂のギャラリーとして使われていたこの場所は、高めの天井からモダンな彫金細工のランプが吊り下がっている。棚の上に、先日詩子さんが猫又を封じた絵がデデンと鎮座しているのを見つけて、俺は息をつきたくなった。

「あちらへのお帰り口と、この家の出入り口が同じ場所にあるというのは、いつもどうかと思うのですけど」

「そう言われましても、こればっかりは。わたしが設計したわけじゃありませんし」

首をすくめ、詩子さんは手桶と柄杓を三和土のうえに置く。

今日俺がこの家に立ち寄ったのは、先日の憑きもの落としの後始末のためだった。

「さて、いつものとおりお帰りいただくとしましょうか」

北向きの壁にかかる掛け軸を詩子さんが外す。近頃よく見かけるヤモリの影が、ひゅるりと壁を伝って闇に消えた。

時川家は、モノノケの通り道である霊道に接した場所に建てられており、いったん封じたモノノケたちは皆そちらからお引き取り願っている。特異な立地にあるため、この場所は夏の盛りでも涼しい。

「お願いします、七森さん」

外した掛け軸の下には、ぽっかりと暗い穴があいている。

常人には壁に生じたただの亀裂にしか見えないが、見鬼の才を持つ俺には、その向こうに揺らめく青い炎が見えた。かつて、時川の娘に鬼が分けてやったという鬼火である。熱もなく、ただ青々と揺らめいている鬼火に絵をくべると、瞬く間に燃え上がる。

灰の中から、テンテケ、と踊る猫又が現れた。長い浮世に飽いたらしいモノノケは、自由の身になったことを少しだけ感謝するように鳴いて、二股の尾をひるがえした。

あとには灰と化した紙、そして自分たちだけが残る。

「お帰りいただけましたか」

「ええ、つつがなく」

「なら、よかった」

　掛け軸を戻して霊道を塞いでしまうと、俺はいましがた燃え上がった猫又の絵を脳裏に描く。赤い四つ火の玉、金茶の体毛は炎のようになびき、何より爛と輝く目に微かな愛嬌がある。詩子さんの描いたモノノケ画は、つかの間の役目を終えて、灰にかえった。

　あんなにうつくしかったのに、少しもったいない。

　いつまでも掛け軸の前から離れない俺に、詩子さんは不思議そうな顔をする。「きれいだったので」と掛け軸の上から亀裂を撫でて、俺は呟いた。口を開いたきり、詩子さんがみるみる頬を赤らめる。伏せがちの目元に恥じらいがのった。彼女の羞恥心の置きどころが俺にはいまいちわからない。

「そういえば、直樹さんから月舟の贋作をいただきましたよ」

「ああ……例の絵ですか」

　おおかたを察した様子で詩子さんが顎を引く。

　月舟の贋作の制作者。師であった月舟の才に焦がれるあまり、鴨川にポンと突き落としたともいわれる人殺し。それが俺の祖である。

　時川家が総じて秀でた芸の血を引くように、俺の父も祖父も、贋作の呪いに苦しめられた。祖父は優秀な贋作師だった。父もまた贋作師であったが、こちらは才がなく、そのせいか早くに死んだ。彼らのようにはなるまいと誓って俺は美大に進んだものの、そのうちにやはり同じ呪いに苦しむことになった。

俺の描くものが、まがいものでないと本当に言えるのだろうか。

誰ぞやの――……たとえば彼女の、時川詩子の。コピーではないと言い切れるのか。

描き続ける中で見失った俺は美大を中退し、筆を折った。あれから自分の絵は描いていない。

「今日はもう帰ります。戸締まりとお清めを忘れずに」

「お夕飯は食べていかれないんですか？」

せっかくポークマリネを作ったのに、と呟く詩子さんに、「いい加減、仕事がたまっているんですよ」と肩をすくめる。

「裁量労働制は大変ですね」

「お詫(わ)びに今度、貴船(きぶね)の川床に行きましょう。西方さんからチケットをもらったんです」

まあ、と詩子さんは目を輝かせる。

夏の間だけ、川のうえに作られた座敷で料理を楽しむ川床は、たいそう値が張るため、普段はなかなか行くことができない。緑陰の中、川の涼風を感じながらいただく料理は格別と聞いた。

「楽しみにしています。帰り道、気をつけて」

こちらを見上げる詩子さんの頬には、赤の絵具がくっついている。苦笑し、かすれた赤の線が引かれた頬を俺は指で拭った。くすぐったそうに詩子さんが目を伏せる。

「おやすみなさい、詩子さん」

「おやすみなさい、七森さん」

先祖代々の呪いと因縁を受け継いだ自分たちは、互いのよき理解者であり、仕事上の協力者でもありながら、本当のところはまるで相容れない。この限りなく近くて遠い関係をどんな言葉を用いてたとえたらよいか、俺にはわからない。わからないので、とりあえずは幼馴染みということにしている。錺屋に言わせると、そんな根の深い幼馴染みなどいないというが。

「ねえ、七森さん」

詩子さんは玄関灯をつけた門前まで俺を見送ってくれた。

「わたしはあなたがまた、絵を描く日を待っていますよ」

「……来ないですよ、そんなものは」

「いいえ、あなたの手は絵師の手です。わたしにはわかる。やさしくて嘘吐きな七森さん」

花群れめいて微笑み、詩子さんはカラランと引き戸を閉めた。

京都の夜は闇が濃い。上司に連絡を入れ、俺は鴨川にかかる橋上から空を仰ぐ。瞼裏の薄闇に、つかの間火車の炎が鮮やかに舞い上がって消えた。

もしかしたら百五十年前、くだんの贋作師も月舟の描くモノノケにかくのごとく魅せられ、鬼と化したのだろうか。
答えは叢雲、今は鴨川の上に懸かる月のみぞ知る。

二　ろくろ首

一

まるで鳥のようだと。

絵筆を操る彼の手を見て、思ったものだ。

「青に黄色を混ぜます。そうするとほら――」

葉っぱと同じ色に転じた絵具に、幼いわたしは歓声を上げた。

「みどりいろ！　みどりいろです、ななもりさん」

「詩子さんは、緑といえば何を思い浮かべますか？」

夕暮れどきの少し湿った風が吹いて、軒に下がった簾をまき上げる。

蝉の声がひときわ大きくなった。日に焼けた畳のうえに、ごろんと腹ばいになり、わたしは近所のおにいさんが絵筆を動かす姿を眺めている。その頃のわたしはまだ六つか七つの子どもで、彼も中学に上がったばかりだった。夏用の半袖シャツから見えた腕は、羽化したての蝶のように白く、絵具のかすれた線が浮き上がって見える。

――七森さん。

わたしがそう呼ぶ彼は普通の中学生とは少しちがっていた。学校が終わると、すぐに家に帰って、家事を済ませたあとは白い画に向き合う。クーラーも扇風機もない、熱気のうだる部屋でひとりえんえんと。常軌を逸した孤独を、彼は愛しているようだった。

彼の家の隣に住んでいたわたしは、ふたつの家を隔てる塀の、破れた箇所をくぐって、たびたび彼のもとに通った。わたしの母も画家だったが、かのひとは色を好み、父以外の愛人があちこちにいた。母はひととの交歓の中でしか絵が描けなかった。

彼はちがった。

薄闇の中で彼が対峙しているのは決まって己であり、眼差しの先にあるのは何者も入りこめない静寂だった。その張り詰めた静けさに、幼いわたしは魅せられた。

「緑はええと、おめめです」

「目、ですか?」

「そう。ななもりさんのおめめにひかりが射すと、一瞬みどりいろになるの……すごくきれいなんです。お外のあかりが射したときがいちばんきれい」

それは最近わたしが見つけた、息を止めたくなるほどうつくしいものだった。ジッと七森さんの目を見つめて力説すると、「詩子さんは変わり者では?」と彼は苦笑した。その手がわたしの頭を撫でる。ゆるされた気がして、わたしはまっさらなスケッチブックのうえで鉛筆を動かした。

ええ、そうかもしれない。

そうかもしれない、七森さん。

幼稚園でも小学校でも、わたしが見つけた「きれいなもの」は誰にも理解されない。わかってもらいたくて、一生懸命力説するのだけども、言葉を尽くせば尽くすほど、相手の機嫌が悪くなっていくのがわかる。

しかたないので、口をつぐんで絵を描いた。授業中も休み時間も、えんえんと眼球を描いているわたしを気味悪がった教師は、母親を呼び出したらしい。

――ええやないですか、何描いても。

平然と言ってのけた母に絶句して、父も呼び出されたそうだ。

お嬢さんは変わっています、と皆が言う。

どのあたりが変わっているのか、わたしにはわからない。

どうして誰も気付かないのか、こんなにもうつくしいものが存在しているのに誰も目を留めない。何故目を留めずに生きていくことができるのか、まるでわからなかった。だから、変わっていると言われると、胸がぎゅっと縮んで、なんだか泣きたくなってくる。

「あぁ、確かにきれいだ」

ふいに舞い込んだ言葉に、わたしは瞬きをした。

スケッチブックに描かれた眼球を見て、七森さんが目を細めていた。細い指先が操る絵筆が、眼球の端にそっと色を入れる。透き通った緑が紙のうえに広がっていった。

言葉にするととたんに壊れてしまうような、脆くて、やわらかなものが伝わったのだとわかる。ぽろりと涙がこぼれて、わたしは赤くなった鼻を啜った。

「黄を足すと、たぶん良い」

絵筆を握る彼の手が鳥のように舞う。

幼いわたしはそこに無限の自由を見た。


差し出されたA４判の企画書には、来春開催予定の美術展の概要が記されていた。

烏丸ファシリティの美術館部門で定期的に開催されるテーマ展だ。所蔵するコレクションから、毎回テーマを決めて作品を選び、展示をしている。烏丸ファシリティは特に江戸から近代にかけての日本美術の所蔵が豊富で、最近だと、夏休みに合わせた妖怪画のテーマ展がちょっとした話題になっていた。

「テーマは『異形と女性』を考えています」

企画書をめくったわたしに、美術館部門のキュレーターである更科さんが内容を説明する。

更科さんは二十代後半の小柄な女性で、ベリーショートの髪のせいか、潑溂とした少年っぽい印象がある。

「今回は、現代画家の方も何人かお招きしたテーマ展にしようと思っているんです。過去から現代に向けて、異形観にも違いが出せると面白いなと」

リストに上がった作品は、中世から現代にかけて七十点ほど。それぞれの時代で活躍した絵師だけでなく、新進気鋭の現代画家の名前も挙がっている。

更科さんは、ファシリティに来る前は、別の私設美術館でキュレーターをしていたという。あなたのお母さまの絵も拝見したことがあります、と出会い頭ににっこり微笑まれた。

「母の絵でなくていいんですか?」

「ええ。今回のテーマ展にはあなたの絵が欲しいんです。時川詩子の」

更科さんは力強い声でうなずく。

今回の依頼は、美大の担当教官を通じてわたしのところに持ちこまれた。一線で活躍している画家だけでなく、デビューしたばかりか、もしくはデビュー前の若い画家の作品を置けないだろうか。相談を受けた教官は、卒業生や現役生の中から何人かをピックアップして更科さんに伝えた。そこから白羽の矢が立ったのがわたしだ。

「お母さま——璃子さんとあなたはまるで画風がちがいますね。絵は独学で?」

「父とツテのあった日本画家に何人か師事しました。どれもあまり長続きはしなかったのですけど……基礎はいちおうそこで」

「美大も日本画科でしたね」

「絵具の使い方が面白い先生がいたので」

母——時川璃子は、放埓の画家だった。

彼女の主なモチーフは自らの身体。

己の身体を切り開き、装飾した作品には、シュールともいえるグロテスクさと官能が混在している。璃子の作品は、デビューしたての頃から一部の蒐集家に崇拝ともいえる支持を得ていた。一年半前、夫の死を機に断筆宣言を出し、以来新作を発表していないが、彼女が世に出した千点以上の作品は、かなりの高額で取引されている。

わたし自身は正直、母の絵はあまり好きではない。

幼い頃から興味が惹かれたこともなかった。

師事した先生には、画材の扱い方や構図の取り方など、見よう見まねでさまざまなことを教わったけれど、あくまで日本画の基礎と技術を学んだにとどまる。

だから、わたしが影響を受けた画家というならば、ひとりの青年の名前を挙げたほうが正しいと思う。

七森叶。

世に出た彼の作品はただの一点もなく、そもそも彼は画家としてデビューすらせずに筆を折ってしまったのだけども。

幼いわたしは、あのひとが画に向ける静かな眼差しにたまらなく惹かれた。あのひとと出会っていなかったら、わたしは絵を描いていない。生きてすら、たぶんいない。おおげさではなく、そう思う。

「お受けしたいです。ぜひ」

企画書の概要を読み、わたしは答える。即答されるとは、更科さんも思っていなかったようだ。目を輝かせ、「本当ですか」と前のめりになってわたしの手を取る。そのとき、ちょうど見知った顔が部屋に入ってくるのが見えて、わたしは目を上げた。

「あぁ七森」

わたしの視線に気付いた更科さんがブースから半身を出して、「こっち」と七森さんを呼ぶ。これから外出するのか、彼はスーツに秋物のベージュのコートを羽織っていた。

「早いね。約束は二時じゃなかったっけ?」

「先方から時間を一時間前倒せないかと連絡がきまして。すいません、打ち合わせ中に」

いちおう頭を下げた七森さんに、「大丈夫ですよ」とわたしはにっこり微笑む。スケジュールや契約額といった具体的な話は次の機会でもかまわない。鑑定部門の七森さんがこちらに来たということは、今回のテーマ展絡みの交渉なのだろうか。考えていると、「そうでもないんですよ」と七森さんが嘆息する。

「何か問題でも出たの?」

「来歴の提出と合わせて、貸出交渉をしていた案件がいくつかあったでしょう。企画展の趣旨を説明したところ、おおむねご賛同はいただけたのですが……」

「それならいいじゃない」

「先方――呉野氏が打ち合わせに時川詩子をぜひ連れてきてくれないかと言い出しまして」

「……ほう？」

だしぬけに持ち出された自分の名に、わたしは瞬きをひとつする。

呉野の名に心当たりはなかった。どなただろうと首を傾げたわたしに、「日本美術のコレクターです」と七森さんが説明する。

「特に妖怪画全般、名だたる絵師の作品を所有しています。今回も、月舟作品の貸し出しをお願いしていたところなのですが」

なるほど、とそれで察しがついた。江戸末期に活躍した天才絵師・月舟。わたしはその末裔にあたる。月舟絡みのコレクターにとっては目を引く存在なのだろう。

同時に、鑑定部門の七森さんがわざわざ貸し出し交渉に同行する理由にも察しがついた。月舟シリーズは個人蔵が多く、それらの中にはまだ憑きもの落としが済んでいない作品もある。企画展の貸し出しに合わせて、画中のモノノケを落とせたら、と七森さんは考えたのだろう。

「呉野さんが所有する作品とは？」

「No.58『ろくろくび』です」

わたしの脳裏に、長い首をぐるぐると己の裸身にめぐらせる女の姿が蘇る。月舟が残した画帖に描かれていた下図のひとつだ。簪を抜いた髪はほどけ、それ自体が生きもののように、女の裸身を締めつけている。まさしく、がんじがらめの図。滑稽であるのに、うすぐらい情念の炎をも感じさせる、月舟の中でも気に入りの一作だ。

——見てみたい。

にわかに興味が湧いて、わたしは口端を上げた。

「別にいいですよ」

企画書を手提げ袋にしまいながら、軽い調子で請け負う。

「その呉野さんとやらのご期待に添えるかはわかりませんが。今日なら、特に予定は入っていませんし」

「そこは別の予定が入っていた、とお断りしていいところですよ」

七森さんが入れ知恵をしてくれたが、「いいじゃないですか」とわたしは首を振る。

「月舟作品とあらば、わたしも気になりますし、コレクターの方に会うくらいどうってことないですよ。場所はどこなんです?」

「北山です。車で二十分もかからないはずですが」

とりあえず、出されたお茶を飲むくらいの時間はありそうだ。「帰りは家まで送ってくださいね」とちゃっかり約束を取りつけ、わたしは少し冷めてしまったお茶に口をつける。


夏が過ぎ、京都に短い秋が訪れ始めていた。

鉄製の門扉にかかる染め始めの紅葉を仰ぎ、わたしはその先にたたずむ洋館に目を向けた。

七森さんがインターホンを押すと、中からお手伝いさんらしき女性が出てくる。スーツ姿の七森さんと更科さんに、縞の御召に手織りレースのショール、葡萄柄の帯を締めたわたし。異色の取り合わせに、お手伝いさんはほんの少し眉をひそめたが、すぐに表情を引き締め、「どうぞ」と中へと促した。

青竹が群れ立つ庭を少し歩くと、レンガ造りの洋館が正面に現れる。洒脱な外観にも驚いたが、昼にもかかわらず、人目を拒むかのように閉め切られた窓や雨戸といったもののほうにわたしは目を奪われた。

「あっ」

頭上に気を取られていたせいで、庭石に突っかかりそうになったわたしの腕を七森さんがつかむ。どこを見ているんですか、と彼の眼差しが言いたげだったので、わたしはしかめ面をした。

「あの壁、般若の顔みたいじゃないですか」

「……はあ」

だから不気味だと言いたかったのだが、七森さんにはいまひとつ伝わらなかったようだ。盾にするようにぐいぐいと背を押すと、釈然としない顔のまま、わたしの前を歩く。

「お上がりください。旦那(だんな)さまは二階の書斎で皆さまをお待ちです」

昭和初期に建てられたという邸宅は木造で、秋の陽(ひ)にしっとり映えた。照明は落とされていたが、正面にある階段の踊り場には薔薇(ばら)柄のステンドグラスが嵌(は)め込まれており、そこから夕暮れどきの陽が射し込んでいる。更科さんと七森さんに続いて階段をのぼると、お手伝いさんが呉野さんの書斎をノックした。

「旦那さま。お客さまがおいでです」

どうぞ、と声が返り、お手伝いさんがマホガニーの扉を開ける。

壁を埋め尽くさんばかりに飾られた数多(あまた)の妖怪画を見て、ほう、とわたしは感嘆の息をついた。書斎と聞いたが、絵の展示室も兼ねているようだ。窓際の安楽椅子(いす)に座った三十過ぎの男が、手元の本に栞(しおり)を挟んで腰を浮かせた。

「こないな山奥までよくお越しくださいました。呉野です」

にこやかに歩み寄る呉野さんは足が悪いのか、紫檀(したん)のステッキをついている。ほどよく着崩した格子(こうし)柄の背広は品がよく、チャコールグレーの渋い色味が彼に合っていた。祖父の代から続く染織会社の社長だと、来るまでの道のりで更科さんが話していたことを思い出す。

「今回のテーマ展の企画を担当している烏丸ファシリティの更科です。こちらは鑑定部門の七森、それから時川詩子さんです」

更科さんの紹介に合わせて挨拶する。

「あなたが……」とわたしに目を留めた呉野さんが破顔した。

「ずっとお会いしたかったんです。少し前、さなだギャラリーで作品を出してはりましたね。『花下幽霊図』でしたか」

近付いてきた呉野さんがわたしの手を取ろうとする。その寸前で、「座りましょうか」とさりげなく七森さんが促した。ちょうどお茶の準備も整ったようだ。七森さんの隣に腰掛け、わたしはあらためて室内に飾られた妖怪画を見渡す。

血まみれ芳年の異名を持つ月岡芳年の無残絵に、北斎の描くいかにも愉快げな魑魅魍魎、民話や伝説をモチーフにした橘小夢の幻想絵画……。個性豊かなコレクションが並んでいる。中にはまだ無名に近い現代作家の作品も多く置かれていた。

部屋をぐるりと見回した更科さんが口をひらく。

「呉野さんは、現代作家の支援にも力を入れておられるそうですね」

「ええ。これや、と思う作家を見つけるのが好きなんですよ。最近やと、時川さんの『花下幽霊図』、あれはすばらしかった。あの絵は売らへんのですか？」

「習作ですので、まだ」

以前、散り初めの桜を見に行ったときに生まれた作品だ。ただ、思うようなおそろしさが表現できていないと、習作を続けている。

あごひげを撫で、「楽しみです」と呉野さんは微笑んだ。

「完成したあかつきには、ぜひ見せていただきたいものですね。あなたの描く女幽霊を」

わたしを呼んだのはてっきり月舟の末裔と聞きつけたからかと思ったが、ちがったのだろうか。熱を帯びた呉野さんの眼差しに射られ、わたしは頬を染める。

頃合いを見計らって、更科さんが切り出した。

「今日おうかがいしたのは、ほかでもない呉野さんのコレクションについて、ご相談がありまして」

「月舟の『ろくろくび』ですね？」

話の主旨はすでに伝えてあったようだ。

白磁のカップを置いて、呉野さんが首肯した。

「『異形と女性』、実に興味深いテーマです。僕のコレクションが役立てるというなら、喜んでお貸ししましょう」

一般に、貸出交渉は難航することが多いと聞く。作品運搬の際に傷がつくかもしれないことや盗難の危険性などを考慮して、渋る所有者もいるのだ。なので、呉野さんの反応はすこぶるよかったといえる。心なしか、更科さんもほっとした顔をしている。

「ありがとうございます。今回の展示に月舟はぜひ入れたい一作でしたので」

「ええ、ただ……。『ろくろくび』が『ろくろくび』に見えたらの話ですが」

謎かけめいた呉野さんの言葉に、更科さんが眉をひそめる。

「それはどういう……？」

「見ていただいたほうが早いかもしれません」

一度部屋を出た呉野さんは、ほどなく一幅の掛け軸を持って戻ってきた。壁に掛けられた掛け軸を目にした瞬間、七森さんと更科さんが息をのむ。

月舟シリーズNo.58「ろくろくび」。

本来ろくろ首が描かれているはずの掛け軸には、中央に大きく切り裂かれた痕がある。保存状態もよくない。退色が進み、ところどころに虫食いが生じていた。原画はほとんどわからない状態といってよい。

「これは」

「月舟の『ろくろくび』だと聞いています。ただ、前の所有者の頃の保存状態がよくなかったようで……。母が手に入れたときにはすでにこの姿でした。かろうじて月舟の落款と『ろくろくび』の題は読み取れますが、それ以外はほとんど、といったところですね」

「確かによくはないですね」

うなずいた更科さんが「どう思う、七森？」と水を向ける。

「修復、できるんですか？」

暗にこの状態で、と問うた呉野さんに、「詳しいことは修復担当に聞いてみなければわかりませんが」と七森さんが話を継ぐ。

「退色が進んでも、どの顔料を使っていたかを分析できれば、彩色を再現することは可能です。切り裂かれた絵についても、ある程度ピースが揃っていれば、継ぎ足すことができるかと」

「作業にはどれくらい時間がかかるんですか?」

「春のテーマ展には間に合うはずです」

それを聞いた呉野さんの表情が目に見えて明るくなる。

「もとの『ろくろくび』には、もうお目にかかれないと思っていました。死んだ母もきっと喜ぶ……」

「あの、つかぬことをおうかがいしますが」

場の空気を読まず口を挟んだわたしに、呉野さんが瞬きをする。少し不思議そうな顔をされたが、かまわずわたしは続けた。

「『ろくろくび』の絵を所有されていて、これまで何か障りのようなことはありませんでしたか。たとえば、絵が発火したとか、身体のどこかが痛むとか……何でもよいのですが」

猫又のときの例を出して尋ねてみたが、呉野さんの反応は芳しくない。

「いいえ、そないなことは特に」

「おかあさまからそういった話を聞いたことは?」

「ありません」

　拍子抜けする思いがして、「そうですか」とわたしは息をつく。ちらりと七森さんに目配せを送ると、小さく首が振られた。少なくとも、現況、絵に何かが憑いている気配はないようだ。かなり汚損が進んでいるし、よもや画中から抜け出てしまったのだろうか。憑きもの落としの記録代わりにもしている月舟の画帖に、ろくろ首に関する記述はなかったように思うが。

　更科さんと呉野さんが絵画の貸し出しに関する打ち合わせをしている間、わたしは席を離れ、「ろくろくび」の前に立つ。ルーペを取り出した七森さんが絵の表面を調べていた。

「モノノケはいましたか」

　声をひそめて尋ねると、「少なくとも画中にはいませんね」と七森さんが答える。

「めずらしい。今回はハズレですかね」

「たまにはいいんじゃないですか。貴女もゆっくり制作に打ち込めるでしょうし」

「ろくろ首、お会いしてみたかったんですけどね」

「見えないのに?」

「見えなくても。筆を通せば、互いのことはわかりますよ」

　わたしは腕を後ろに回して、絵を調べる七森さんの横顔を眺める。普段ひねくれた物言いばかりをする幼馴染みだが、絵に対峙したときはひどく澄んだ眼差しをする。眇めた目の端に光が射して、エメラルドグリーンに変わる。きれいだ、とわたしは思う。これを描き留めたい、とも。

「絵を褒められると、とたんににこにこする癖、どうにかしたほうがいいと思いますよ。猫にまたたびでもなし」

ルーペをしまいながら、七森さんが釘を刺した。

更科さんたちとの間には、衝立(ついたて)が立っているため、よほど大きな声でなければ、内容までは聞こえない。さっき呉野さんに褒められたときのことを言ったのだとわかって、わたしは頰をふくらませる。

「いいじゃないですか。好きって言ってました、わたしの絵。すばらしいって」

「そういうのを社交辞令っていうんです」

「さなだギャラリーに出した『花下幽霊図』、覚えていてくれたんですよ。どこかの薄情な誰かさんは足を運んですらくれませんでしたけど」

意地の悪い物言いに不貞腐(ふてくさ)れて、わざと恨みがましく言う。

「俺は貴女のファンではありませんから」

わたしはこのひとの、わたしの絵なんてまるで興味がない、という態度が憎らしい。たまに絵を見てくれても、ぞんざいな感想しか言わないのもつまらない。わたしはあなたの目に映りたい、その澄んだ眼差しをひとりじめしたいのに。

口をへの字に曲げて、わたしはそばに置かれた椅子に座った。

「寝ている間に抜け出る首……一説には、女の妄念がそうさせるそうですよ」

ろくろ首はたいてい女の身に起きるものとされた。添い寝をしていた遊女や初夜を迎えた新妻の首が、眠っている間にするすると伸びて、周りを驚かせたという話がいくつも残っている。

また、ろくろ首伝説は、日本の古典にもたびたび登場し、江戸末期から大正にかけてはろくろ首の見世物が流行ったくらいだ。

「七森さんも、枕元には気を付けたほうがいいですよ」

絵の前に立つ男を見上げ、わたしは意地悪く微笑んだ。

「何故です？」

「わたしの首が会いに行くかもしれない」

「お土産にみたらし団子を持たせてあげますよ」

それはなかなかシュールな絵面だった。

怖がらせるつもりだったのに、わたしはつい噴き出してしまう。

「七森。そろそろ時間だよ」

呉野さんと打ち合わせを終えたらしい更科さんがこちらに声をかける。「ろくろくび」の搬送はまた別の機会に、専門業者を派遣することになったそうだ。

部屋を出るとき、廊下の突き当たりにある部屋が目に入った。そういえば、外から見たとき、雨戸が閉められていたのも、あのあたりではなかっただろうか。思い出して、わたしは何とはなしに足を止める。

……カリ。

微かな音がドアの内側から聞こえた――気がした。

知らず肩を跳ね上げたわたしを「詩子さん?」と七森さんが呼ぶ。

「どうかしました?」

「……いえ」

緩くかぶりを振って、わたしは七森さんたちのあとを追う。

カリ、カリ……。

雨だれにも似たその音はしばらく未練がましく続いていたが、やがてふつりと途絶えた。

二

京都市の北西にある高雄山では、紅葉が盛りを迎えたようだ。

朝のニュースを思い返しながら、わたしは休日でひとの多い駅の改札に立つ。壁に貼ってあるポスターには、南禅寺や嵐山といった紅葉の名所が写真付きで紹介されている。

端末が震えたので鞄から取り出すと、待ち人から到着を知らせる短いメッセージが入っていた。

今日のわたしはクラシカルなベージュのワンピースに秋物のキャメルのコートを羽織り、髪も下ろしている。普段とは装いの異なるわたしを、改札から出てきた待ち人はそれでも迷わず見つけて、「詩子さん」と声をかけた。

「すいません、遅くなりました」

「いいえ。時間ぴったりですよ、七森さん」

七森さんもいつものスーツ姿ではなく、シャツに暗灰色のコートを重ねたラフな服装をしている。今日の彼はわたしのごく個人的な用事に付き合ってくれたのだ。

「途中でお花屋さんに寄ってもいいですか？」

時計を確認しながら尋ねたわたしに、「どうぞ」と七森さんが応じる。

すでに慣れた道を並んで歩き、開いたばかりの花屋さんで、スカビオサの花束を作ってもらう。薔薇、ガーベラ、ダリア。華やかな花には見向きもせずに、控えめな淡紫の花を選ぶ。

「面会は何時からですか？」

「九時です。一番乗りですよ、たぶん」

紅葉した街路樹を横目にしばらく歩くと、遠方に白い建物が現れる。わたしの母である時川璃子は、父が他界したのち心身のバランスを崩し、この病院に入院していた。

受付で手続きを済ませ、母の病室に向かう。

リノリウムの廊下を歩く間、わたしは無言だった。ちょうど朝食の片付けが終わったばかりのこの時間は、スタッフも忙しそうで、わたしたちのような外からの面会客はあまりいない。次第に足取りが重くなり、しまいには完全に足が止まって俯く。

スカビオサを抱き締めたまま、じっと足元を見つめるわたしの手を、七森さんが引いた。彼の手に促されるようにして、わたしはまたとぼとぼと歩き出す。

帰りたい。

本当は今すぐにでも家に引き返したくてたまらない。七森さんがいなければ、たぶん実際にそうしていたとも思う。

沈むわたしの気持ちに反して、時川璃子のネームプレートはほどなく見えてきた。

「失礼します」

普段から開け放されているドアの内側に、七森さんが声をかける。どうぞ、と明るく張りのある声が返った。白が基調の部屋の窓辺には、真っ白なキャンバスがイーゼルに立ててある。こちらに背を向けて筆を動かしていた女が振り返り、「あら」と少女めいた笑みを咲かせた。

「叶くん、見ないうちに大きくなって！　美大はもう卒業しはったん？」

「ええ。今は市内の会社で働いています」

適当に嘘を織り交ぜながら、七森さんが卒なく答える。彼は実際には美大を中退していたし、ついひと月前にも璃子に会ったばかりだ。今日と同じようにわたしの付き添いでこの場所に来た七森さんは、ほぼ同じやり取りを璃子と交わした。何度目になるのかは、わたしにもわからない。

「おかあさん。体調はどうですか」

「ええでー。ごはんは毎日おいしいし、新しく入った先生は美男やし」

花瓶を探すわたしに、「右下の棚の中」と望むものの場所を伝えて、璃子が微笑んだ。年は四十半ばになるが、母の白い膚はシミひとつなく、少女めいた仕草や表情もあいまって、わたしと歳の変わらぬ女にも見えてしまう。――天性の魔女。わたしは胸のうちでは母をそう呼んでいた。

「それよりも詩子。新しい絵を描いたんや。見て」

焦れた様子でわたしの腕を取り、母がキャンバスを示す。

「花精を描いた。しだれ桜の、散りどきのな」

真っ白なキャンバスを、母はうっとりと見つめている。まるでそこにしなだれかかる妖艶な花精を見出すかのように。

実際、母の目には何かが見えているのかもしれない。遠い昔、月舟が鬼と交歓し、画中に魔を封じ込めたように、今の母はひとならざるものの声を聞き、姿を見ているのかもしれない。けれど、わたしの前には何も描かれていない白いキャンバスがあるだけだ。

「どうや？　東さんに見てもらいたくてな」

東とはわたしの父の名だ。

生前父を顧みず、外でさんざん愛人を作ったくせに、一年半前に父が急死するや、母はまったく絵が描けなくなった。それまでの異様に旺盛だった創作欲はどこに消えてしまったのかというくらい。時川璃子という女は、父という水をなくしては生きられない花だったのだろう。

妄言を繰り返し、次第に憔悴していく璃子を、わたしは周囲の勧めもあって病院に入れた。璃子は最初こそ反発したが、今は父が死んだことすら忘れて、彼女なりの創作活動に打ち込んでいる。その手が現実に何かを描き出したことはただの一度もなかったが。

「花精はどんな顔をしているんですか」

黙り込んだわたしに代わって、七森さんが尋ねる。反応が返ったことがうれしかったのか、璃子は嬉々として、七森さんに絵のモチーフや主題の説明を始めた。

七森さんのような端整な若者は、璃子が好むものだ。伏せがちの目がうっすら艶を帯びて、視線が絡み取るようなそれに変わる。天性の魔女である璃子は、男を見たら誘惑しないと気が済まない。洗面台の鏡に映ったふたりから目をそらし、わたしはスカビオサを生けた花瓶を窓辺に置いた。

「詩子ぉ。あんたもこっちに来て見てみぃよ」

わたしを呼ぶ母の顔は逆光になっていて、よく見えない。白い光にふちどられた母は、モネの絵画にいる日傘の女のようだ。

「どうや？」

わたしに腕を絡めた璃子が甘い声で囁く。

「なあ、詩子。見て」

「……好きじゃないです」

吐息にまぎれそうなか細い声で、わたしはようやくそれだけを言った。

こらえていたものが溢れてこぼれそうになる。

「おかあさんの絵、わたし、好きじゃない」

「——時川さん。検温のお時間です」

外からスタッフに声をかけられ、その場に充溢していた異様な空気がふっと弾けた。何かが決壊するぎりぎりでとどめられたことに息をつき、わたしはパイプ椅子に置いた鞄を取る。

「帰ります。母のこと、よろしくお願いします」

「検温なら、すぐに終わりますよ」

「いえ、このあと別の約束があるので」

さらりと嘘を吐き、わたしは頭を下げた。こういうとき、媚(こ)びるのがうまい母譲りの笑顔と仕草は、娘のわたしにおいても十分に発揮される。スタッフはわたしを不審がらなかったはずだ。

「七森さんには母の描いた絵が見えるんですか」

病院を出て、行きと同じ坂道を下りながら、わたしは隣を歩く七森さんに尋ねた。

「いいえ。何も見えませんよ」

平然とのたまう七森さんに、「たいした役者ですね」と苦笑する。わたしにはあんな風にふるまうことはとてもできない。

肩にかけた鞄の取っ手を握り締め、深く息を吐き出す。まだ午前だというのに、一日働き通したあとのように疲れきっていた。

母の見舞いに行ったあとはいつもこうだ。本当はもう会いたくない。けれど、母を家から追い出したという後ろめたさと、娘としての義務のようなものがわたしをあの場所へ駆り立てる。やめてしまいたいのに、やめられない。娘のふり、人間のふり。自分はまだ「そこ」までは行っていないと証明するためだけの不毛な行為。

わたしはまだおかしくない。

まだ人間の範疇(はんちゅう)にいる。まだ。

「朝ごはんはもういただきましたか？」

「いいえ、まだ」

「なら、食べていきましょう。今なら、焼きたてのパンが並んでいますよ」

カフェが併設されたパン屋の看板を指して、七森さんが言う。あまりおなかは空いていなかったけれど、ふんわり漂うバターとコーヒーの香りに少し胃が刺激される。看板に書かれたメニューを眺め、「スープもつけたいです」とわたしが呟くと、「デザートもつけましょう」と七森さんは微笑んだ。


運ばれてきたのは、エッグベネディクトにサラダ、ミネストローネ、それにジャムを添えたヨーグルトだった。七森さんのほうは、焼きたてのパンが二種類とスクランブルエッグ、それにコーヒー。

いただきます、と手を合わせ、わたしはミネストローネを口に運ぶ。くたくたに野菜を煮込んだスープは、弱った胃でもおいしく食べられる。ほっと息をついていると、「おなかは減ってきましたか」とコーヒーを口に運びながら、七森さんが訊いた。

お店に入る前は、もうごはんなんてとても食べられない気分になっていたのに、いざ料理が運ばれてくると、ちゃんとおなかが減るのが不思議だった。七森さんと食べるごはんはいつもおいしい。

「そういえば、『ろくろくび』の修復はできそうなんですか？」

尋ねたわたしに、「時間はかかりそうですが」と七森さんがうなずく。

「とにかく保存状態が悪かったようです。経年による退色のほかにも、虫食いやカビが生えた箇所が多かったですね」

「それで直せるんですか？」

多湿な日本において、絵は害虫やカビといった劣化を受けやすい。「ろくろくび」は、この分野では素人のわたしの目から見ても明らかに傷んでいた。あれをどうやって直すというのだろう。

「うちには腕のいい修復師がいますからね。今度、見学に来てみるといいですよ」

「本当ですか？　あなたの仕事場も見られる？」

「見て楽しいものでもないですが」

カンパーニュをちぎりながら、七森さんは苦笑した。

「『ろくろくび』がもとの姿を取り戻せば、呉野さんも喜ぶんじゃないですか？」

「詩子さん。呉野氏から、あれから連絡は来てますか？」

ふいに話を切り、七森さんが探るような目でわたしを見た。

「いいえ？」

「なら、いいですが」

「呉野さんに何かありましたか?」

「前回、貴女に執心のようでしたので。あと、いくつか妙な噂が……」

「噂」

失言したと思ったらしい。七森さんは顔をしかめ、コーヒーをゆっくり飲んで間を取った。

「噂とは?」

「こだわりますね、そこ。——この間、錺屋と飲んだんです。なんでも呉野の母親は、十数年前に事故死したそうです。バルコニーから誤って落ちた……という話でしたが、当時から呉野の父親による他殺説も流れていたらしく。そのあたりはよくある醜聞ですが、奇妙な話もひとつ」

「何です?」

「生前、呉野の母親を見た人間はほとんどいなかったそうです。あれほどの家の夫人であるのに、外でのパーティーや会合に出ることも、訪ねてきた客に会うこともなかったのだとか。ですので、夫人は亡くなられたのだ——と周囲は勝手に思っていたみたいですね」

「それが事故死した」

まるで二度死んだようなものだ。

「ちなみに彼女も画家だったようですよ。呉野の父親がパトロンをしていた」

「呉野さんのおとうさまは今？」

「亡くなったそうです。呉野の母親が事故死してすぐ」

人前に姿を現さず、半ば囲われるように作品制作に打ち込んでいたのだという呉野の母親。彼女はどんな思いで、ろくろ首の絵を眺めていたのだろう。するすると身体から抜け出る女の首を……。

想像をめぐらせるわたしの脳裏で、カリ、と何かが擦れ合うような音が鳴った。きちりと閉められた扉の向こう、陽を遮ってできた暗闇から、カリ、カリ、という音が微かに響く。

「貴女は魔に魅入られやすいですからね」

呉野の屋敷に知らず意識を飛ばしていたわたしに、七森さんが言った。ちぎったカンパーニュにマーマレードをのせて、瞬きをするわたしの口に押し込む。

「不用意に近づかないほうがいいと思ったままでです」

「……心配、してくださったんですか？」

「そりゃあ、東さんの大事なお嬢さんですから」

その物言いがなんとなくつまらなくて、わたしはむすっと頬をふくらませる。もうすぐ二十歳になるのに、六つ年上の幼馴染みはわたしを未だお嬢さん扱いしている。

わたしは七森さんに対してはわがまま放題なので、そう思われるのも無理はないけれど。

母親の見舞いにすらひとりで行けず、未だに彼に付き添ってもらっている、そういう子どもなのだけども。

　顔をしかめたまま、苦く溶けたマーマレードをパンと一緒に飲み下した。


　床に置いた白麻紙(しろまし)のうえで墨(すみ)の線がのたうつ。

　紐(ひも)で着物をたすきがけし、その上にスモックを着たわたしはひとり、大学の制作室で絵に向き合っていた。

　烏丸ファシリティ主催の「異形と女性展」に出展するための一作。わたしはそれを以前から構想を練っていた「花下幽霊図」の完成作にすると決めた。今は制作に向けた習作を続けているのだが、未だにこれだと思える一枚にたどりつけずにいる。もしかしたら、これならいけるかもしれない。そう思って実際に描いてみても、下塗り、彩色と進むにつれ、イメージと乖離(かいり)し、これではない、という違和感ばかりが強くなる。

　今回もそんな予感がしていた。

　逢魔(おうま)が時、ほの青い花群れに顔を半分隠した女がひとり。

　イメージはあるのに、いざ描くと、何かがちがう、と感じる。何かが。何かが……。

　額に浮かんだ汗が白麻紙に落ちるに至り、わたしはいつの間にか息が触れるほど近づいていた紙から顔を上げた。たっぷり朱を含ませた刷毛(はけ)で絵の中央に×印を入れる。乾きかけの白麻紙のうえにかまわず転がると、絵具と紙のにおいがつんと香った。

「おはようございまーす。って時川さんやん！」

のんきな声が出入り口のほうから聞こえたので、薄く目を開ける。

ビビッドオレンジのパーカーを着た少女が、画材を抱えて中に入ってきた。まだ扱い慣れていないのか、ドーサ引きをしたパネルがドアや壁にぶつかりそうで、ひやっとする。明るめの色のショートボブをゴムで無造作にくくった少女は、パーカーの下にジーンズ地のつなぎを着ていた。

少し考えたものの、覚えのない顔だ。時川さんと言っているから、日本画科の誰かなのかもしれない。

普段のわたしは、家のアトリエに引きこもって絵を描いている。けれど数日前、絵具を焼き付けるときに使う電熱器が壊れてしまい、しかたなく一時的に美大の制作室を使っていた。日本画科共用の部屋なので、知らない人間とときどき顔を合わせてしまうのが少々面倒くさい。

「あのー、だいじょうぶ？　頬に墨くっついとるけど」

のろのろと半身を起こしたわたしを見て、クラスメートが尋ねる。頬に手をやると、確かに墨や絵具で汚れていた。クラスメートが興味津々(しんしん)といった顔つきで、×印をつけたわたしの習作をのぞきこむ。

「何描いてはるん。最近ずっとおるよね、時川さん」

「烏丸ファシリティの展覧会に出す作品です。年明けには完成させないといけないので」

「ああ、『異形と女性展』だっけ。出展できるなんてすごい」

「……そうでしょうか」

スモックの袖で、汚れた顔を拭う。うまく取れないで手間取っていると、クラスメートがウェットティッシュと手鏡を貸してくれた。適当に拭いたせいで、むしろ汚れが広がっている。

「時川さんって結構……」

「なんです」

「ううん。そういえば、さっき先輩から、市井棗の新作披露パーティーの招待状をもらったんよ。時川さん、一緒に行かへん？」

「いちいなつめ、ですか？」

「最近、評判の画家さん。現代アート、時川さんはあまり興味ない？」

クラスメートが差し出したチケットには、「市井棗」の名前と略歴が載っている。といっても、年齢や出身地はもとより、顔写真すらない。公の場には一切姿を現さない、年齢や出身も不詳の女性画家なのだという。チケットの表には、彼女が描いた最新作だという「夜来Ⅲ」が載っていた。

薄墨の闇を切り取る、女の白い肢体。日本画の画材を使っているが、印象は抽象画に近い。下部に印字された「京都北山・呉野邸」の会場名を見つけて、わたしは眉をひそめた。

「これ、呉野さんのお宅でやるんですね」

「市井棗のパトロンやねん、そのひと。アトリエも画材もぜんぶ用意したはるって聞いた」

ふうん、と呟いて、わたしはチケットをクラスメートに返す。

正直さして興味は湧かなかった。そもそも、名前も覚えていないクラスメートが何故わたしを誘うのか謎だ。友だち全員に断られたのだろうか。

「あの」

眉根を寄せ、わたしは念のため確認することにした。

「同じクラスの方ですっけ」

「そやけど……」

目を丸くしたのち、相手は盛大に噴き出した。

「えっ、わからへんで話しとったん？　今まで？　うそ！」

「はあ」

「時川さんって天然……というか超然としてはるなあ」

「そうでしょうか」

「うん、下界のことで悩まなそうな感じ。ああああたし、膠液つくるけど、におい平気？

あと名前は三嶋な」

ビニールに入った琥珀色の膠を取り出して、三嶋さんは電熱器のスイッチを入れる。溶け出した膠のにおいが強くなる。眠たくなって、わたしは絵のうえにまた寝転がった。

洗濯のわずらわしさよりも、再び絵と格闘することのしんどさのほうが勝った。なんだかもう睡魔に負けて、ぜんぶ放り出してしまいたくなる。超然となんてぜんぜんしていない。絵と向き合うときのわたしは雑念だらけだ。

更科さんから話をもらってひと月が経つが、わたしは未だ習作の段階から先に進めずにいた。普段は描きたいイメージも、そこに至る道筋ももう少しはっきり見えているのだが、今は視界が厚い霧で覆われたかのようで、途方に暮れてしまっている。

閉めきった制作室の窓を木枯らしが叩く。

窓ガラスに映り込んだ樹影を見上げ、わたしはそこに今しがた描いていた「花下幽霊図」を重ねた。

画面を覆い尽くす白の花群れ。顔半分を花枝に隠した女幽霊は、物言いたげに唇をほころばせている。その顔がわたしには見えない。

——詩子ぉ。見てみぃよ。

甘い呼び声に、ちりりとこめかみが疼く。

——見てみぃよ、詩子。

白いキャンバスに向かい続ける母の目には、透明な膜がかかっている。

あれが「狂い」というものなのだろうか。

淫蕩なたちでありながら、それでも結局父というひとりの男しか愛せなかった女のなれの果てが、あれなのだろうか。

三条大橋からポンと身を投げた月舟。その息子は神隠しに遭って消え、絵師となった孫娘は月舟同様、モノノケばかりと交歓して最期は鬼に食われたという。

皿の絵付けを生業にした曾祖母は十五も年下の男に執着して刃傷沙汰を起こし、挿絵師として名を馳せた祖母は己の画のみを愛して、ひとに心をひらくことはなかった。そして、母は淫魔となった。その血をわたしは引いている。

わたしもいつか彼女たちのように狂うのか。

それとも、すでに狂っているのだろうか。

――ください。

――わたしにあなたの「目」をください、七森さん。

わたしはいっとう大事なものは、縛りつけて所有する。そういう女だ。

本当は母にとても似ている。そういう女なのだ。

朱の絵具がついた手をぼんやり眺めていると、着信音を切ったスマートフォンがそばで振動を始めた。腕を伸ばして、通話ボタンを押す。

『時川さん？』

　受話口越しに聞こえた声に眉をひそめてから、我に返る。

「更科さんですか？」

『ええ。今日の二時の打ち合わせだけど、まだ来ないから心配になって』

　制作室の壁時計を確認すると、三時を回っていた。ここ数日こもりきりだったせいで日付感覚を失っていたが、今日は更科さんとの打ち合わせの日だったようだ。ごめんなさい、と半身を起こして、わたしは端末を持ち直す。

「忘れてました。まだファシリティにいらっしゃいますか？」

『今日はほかに予定はないから大丈夫。今どこ？　そちらに行きましょうか』

「いえ」

　病人でもないのに、そこまでしてもらうのは悪い。

「わたしが行きます。……ごめんなさい」

『あまり急がなくていいから。転ばないようにしてくださいね』

　恐縮するわたしに、更科さんが笑う。

　通話を切ると、スモックを脱いでたすきがけの紐(ひも)をほどいた。手早く画材を片付けて、没にした絵を壁際に置いておく。「出かけるなら、持っていったほうがええよ」と膠鍋をかき混ぜていた三嶋さんが折りたたみ傘を貸してくれた。

わたしが通う美大から烏丸ファシリティまではバスで二十分ほどだ。乗車してしばらくすると、窓ガラスに雨滴がつき始めた。ファシリティ近くのバス停で降りて、借りた傘を開く。ファシリティのゲートをくぐる頃には、雨は本降りになっていた。

「時川さん！　あぁよかった。無事ですね……」

受付で入館の手続きを済ませていると、階段から下りてきた更科さんが大きく手を振った。ピンクベージュのジャケットを羽織った更科さんが現れると、空気自体が華やいで見える。来客用の名札をもらい、「すいませんでした」とわたしは頭を下げた。

「電話をもらわなければ、たぶん気付かなかったです」

「絵を描いてたの？」

わたしを見た更科さんが苦笑交じりに訊く。何故わかったのだろう。瞬きをしたわたしに、更科さんが手首のあたりを指で示す。朱色の絵具が筋を引いてくっついていた。大学を出るとき、髪や顔は拭いたのに、まるで気付かなかった。

「時川さんは一度作品に没頭すると、なかなか帰ってこないって、前に七森が言っていたから心配だったの。ちゃんとごはん食べてる？」

「何かそれらしきものは食べたような……」

「打ち合わせが終わったら、一緒にごはんに行こうか。カツ丼とかハンバーグとかそういうがっつりしたの」

　今日、更科さんとは制作の進捗報告だけでなく、「異形と女性展」のレイアウトについても打ち合わせる予定だった。出展する作家や作品もおおむね出揃い、更科さんは展示方法やカタログの調整で忙しいらしい。話をしながら、ファシリティの開放的な廊下を連れ立って歩く。

「進捗はどうですか」

　よい、とは答えづらく、わたしは足元に目を落とした。

「……見えなくて」

「見えない？」

　絵が遅々として進まないのは、母の見舞いが原因であるとわたしはわかっていた。

　正気と狂気のあわい。その場所に自ら踏み込まねば、見られぬ光景がある。つかめぬ色がある。けれど、今のわたしは、めざす場所よりずっと手前の浅瀬でじりじりと踏み出すのをためらっている。花群れの向こうにある女の顔を直視するのが恐ろしいのだ。

「見たくないんです、たぶんわたしが」

「異形と女性展」の開催は来年の四月。この先の工程を考えると、いつまでも習作を続けているわけにはいかないのだが、気持ちがはやるほど筆の動きは重たく、イメージは小さく萎んでいく。どうしたらよいのだろうと嘆息していると、壁に掛けられたプレートのセクション名が目に入った。

「修復部……」

わたしの視線に気付いた更科さんが「見ていく?」と軽い調子で尋ねる。

「いいんですか?」

「せっかくだし、どうぞ。『ろくろくび』の修復は先週、状態調査が終わって、方針が固まったところよ」

害虫やカビに浸食された箇所が多いうえ、全体にシミが出ていたため、「ろくろくび」はまずシミ抜きをしたあと、破れた紙の裏打ちをし直して、補筆、補彩を行うらしい。特に補筆や補彩は、作品の風格を壊さない繊細さが要求される。修復師がもっとも注意を払う箇所だ。

「あぁ、いたいた、砺波(となみ)」

デスクに突っ伏している人影に、更科さんが声をかける。砺波と呼ばれた男は、資料が積まれた机に低反発クッションを置いていびきをかいていたが、更科さんが背もたれを揺すると面倒そうに頭を起こした。

「……更科か。なんや」

「なんやはないでしょう。せっかく見学者を連れてきたっていうのに」

「あの、はじめまして。時川詩子といいます」

手を揃えて挨拶すると、はあ、と砺波さんは覇気(はき)のない返事をして首をかいた。伸びっぱなしのもっさりした髪にスウェットとサンダル。更科さんがオフィスカジュアルでかっちり固めているぶん、砺波さんの適当そうな格好が際立つ。

「時川さん、このもさい男が修復部門の砺波。こんななりだけど、いちおううちで一番の修復師」

砺波さんはまだ三十過ぎぐらいに見える。修復師としてはだいぶ若いのではないだろうか。

「『ろくろくび』の修復、砺波さんが担当されているんですか？」

「そうやねんけど」

不愛想に顎を引いて、砺波さんはパソコンを立ち上げる。起動している間、茶渋で汚れたマグカップにインスタントコーヒーをセットし、給湯器からお湯を注いだ。更科さんが、こんな奴でごめん、と言いたげに片目を瞑る。

「砺波。時川さんは『ろくろくび』の貸し出しにも協力してくれたんだよ。修復の状況を教えてあげて」

「面倒くさい」

「あんたがここで寝泊まりしてるの、上に黙ってあげてるのは誰だっけ」

ふたりの力関係はおおむね更科さんが上らしい。砺波さんは不愉快そうに眉間に皺を寄せたが、やがて積んであったファイルの中からひとつを抜いてこちらに差し出した。

「これは……？」

「『ろくろくび』の調査結果。虫食いと、特にカビがひどい。おおかたあのままずっと放置されてたんやろ」

報告書には、ろくろ首の汚損箇所やカビの発生箇所が写真つきで載っている。ほかにも絵具層の剝落(はくらく)の具合や欠損箇所、過去の修理状況といった詳細が記されていた。ほとんど消えかかっていた描線の復元もあり、ろくろ首がどのように描かれていたかもだいたいわかる。

「首は画面中央から左に向かって渦を巻いているんですね」

自身の身体を離れるに離れられず、ぐるぐると胴体をめぐるろくろ首の姿には、どことなく哀切が漂う。女の足元に散ったあだ花が余計にものがなしい。

「そういや、ひとつ奇妙なモンがあった」

わたしというよりは更科さんに向けて砺波さんが言った。

「奇妙って？」

「絵の表面に、爪痕があったんや」

わたしの手からファイルを取り上げた砺波さんは、無造作にページをめくって該当(がいとう)の写真を指差す。確かによく見れば、彩色された紙面に微細な凹凸(おうとつ)がついている。耳奥でカリカリという音がまた響きだした。爪と紙とが擦れ合うような耳障りな音だ。

「大きさからして人間の爪やな。右端にいくつか見つかってな」

「何それ。気味悪いね」

顔をしかめる更科さんの横で、わたしは写真に目を凝らす。

「あの、ルーペってありますか」

「なんやて？」

凄むように聞き返した砺波さんに、「誰かれかまわずメンチ切るのはやめて」と更科さんが文句をつける。普通に見ただけやろ、と呟く砺波さんは心外そうな顔をしている。案外、他意はないのかもしれない。

ルーペは更科さんが貸してくれた。弧を描くレンズを写真にかざす。

「……『タ』？」

凹凸は傷などではなく、何かの文字を描いているように見えた。「タ」の右下方に別の文字を見つけて、わたしは眉をひそめる。

「『テ』？」

「その下は『ク』……いや、『ケ』かな」

「『タ』『ケ』『テ』」

タ・ス・ケ・テ。

脳裏によぎった文字列に、ひやりと首筋を撫でられた気分になる。

同じ言葉を連想したのだろう。更科さんも少し顔が強張っていた。直後、ノックもなく外から扉が開いたので、わたしは思わず小さな悲鳴を上げてしまった。

「……なんだかずいぶん集まってますね」

資料を抱えた七森さんが、わたしたちを見て胡乱げな顔をする。

「どこ行ってたんや」とのんきに尋ねた砺波さんに、「調査班から上がったパッチテストの結果です」と数値の書かれた紙を差し出す。それを一瞥し、砺波さんはマグカップを手に取った。

「七森、こいつらここから摘まみ出せ」

「はい？」

「推理ごっこ始めて、仕事がさっぱり進まへん」

「ちょっと。奇妙なものがあるって見せてきたのはあんたでしょうが」

言い合いを始めた同僚を面倒そうに眺めつつ、「来ていたんですか？」と七森さんがわたしに訊く。それよりも、今は不穏な四文字のほうが重要だった。わたしが「ろくろくび」に書かれた「タスケテ」の爪痕を見せると、七森さんは砺波さん以上に冷たい反応をした。

「誰かの悪戯じゃあないですか」

「悪戯って。呉野さんのおかあさまが所有していた絵ですよ」

その母親は十数年前に、バルコニーから落下して怪死している。生前、姿を見かけた者はほとんどいなかったという母親。彼女はあの洋館で、どのように暮らしていたのだろうか。

「ねえ、七森さん。あの絵にはやっぱりまだ……」

「展覧会用の絵は描けたんですか」

わたしの手からファイルを取り上げると、七森さんは別のことを尋ねた。わたしの表情を見て、進捗が芳しくないことを察したらしい。息をついて、ファイルを砺波さんの机に戻す。

「呉野さんのことはこちらでどうにかするので、貴女は貴女の本分を」

わたしの描くものに興味などないくせに。

そのように言う。

三

寄木(よせぎ)の宝石箱から月をかたどった七宝(しっぽう)焼きの帯留めを取り出す。

昔、高校の合格祝いに父に買ってもらったものだ。とろりとした飴(あめ)色が手になじんで、たいそう愛らしい。いろはもみじの訪問着に蘇芳(すおう)の帯を締め、手に取った帯留めを飾る。

化粧を済ませたわたしは、手提げバッグを持って家を出た。しとしとと降りそぼる霧雨に和傘を広げる。

呉野氏主催の市井棗・新作披露パーティー。

北山の屋敷で開催されるそれに、わたしは名前を知ったばかりのクラスメートと出席することにした。「ろくろくび」の絵の表面につけられた爪痕を見てから、どうしても気になってしかたなくなってしまったのだ。

七森さんは自分がどうにかすると言っていたけれど、わたしは一度気になったことにはとことん執着する性格である。幸いにも、ビビッドオレンジのパーカーの三嶋さんは、あのあとすぐに美大の構内で見つけることができた。やっぱりパーティーに行きたくなったと告げると、「やった！」と何故かこぶしを振り上げて喜んでいた。

「あっ、時川さん。いたいた」

待ち合わせ場所である駅の改札に、目立つビビッドオレンジが見えて、わたしは傘を傾ける。三嶋さんだった。パーティーでは確実に浮くだろうパーカーにバルーンスカートをはいている。

今日のパーティーは関係者や知人を招いた私的なもので、市井棗の新作のほかにも、新しい所蔵品や、贔屓の画家の作品を展示するのだという。とはいえ、出席者は百名はくだらないはずだ。

「ようこそお越しくださいました」

北山の邸宅に着くと、夕闇の中、玄関灯が狐火のように灯っていた。呉野家の使用人だという初老の男性が外に立ち、わたしたちの名前と招待状を確認する。

「時川さまに三嶋さまですね。うかがっております」

夕方六時から始まるパーティーには、ちらほらと出席者が集まりだしている。初老の男性に案内され、雨に濡れた竹の庭を抜ける。シャンデリアが下がったホールは、壁に沿って料理や酒類が並び、展示された絵の前にいくつもの人だかりができていた。

「うわあ……。なんや、みんなお金持ちそうに見える」

「実際、それなりの資産家ばかりだと思いますよ」

あけすけな物言いに苦笑すると、「時川さんはこういうとこ慣れてんなー」と三嶋さんが前髪についた水滴を指で跳ねながら言った。

「というか似合う。時川さん、いつも黙って絵を描いてはるから、喋らへんひとなのかと思っとったわ」

「別に、喋りますよ」

なんとなく居心地の悪い気分になり、視線をそらしながら呟く。

喋るも喋らないも、相手がいないだけだ。中学も高校もずっとそうだった。わたしはどこにいても、いつだってひととうまく交わることができない。そういう己をどう曲げたらよいかもわからないから、ひとに合わせるということもできない。たぶん、わたしは周囲が思うより、ずっと不器用で、不出来で、子どもだ。

「今度飲まへん、時川さん。日本画クラスで」

「遠慮しておきます」

「つれへんなあ。みんな面白い奴やねん、楽しいで」

「……そうでしょうか」

屈託なく誘ってきた三嶋さんに、目を伏せる。たぶん三嶋さんは誰にでも気軽に声をかけられるひとで、そのぶんあしたには誘ったこと自体忘れてそうな気がする。

並んで作品を見て回っていると、三嶋さんがチケットをくれた先輩を見つけて、挨拶をしに離れていった。三嶋さん以外、特に知り合いもいないわたしは、会場内をぶらぶらとひとり歩く。

この日のために選んだのだという呉野氏のコレクションは、ホール内に点在して飾られていた。その中にひとつ目を引くものがあり、わたしは足を止める。

薄闇に浮かんだ真っ白い女の肢体。横たわる女の顔は見えず、ただ、なだらかな白い稜線が重苦しい静寂を切り取っている。色調は物憂げなのに、醒めきった描き手の眼差しすら感じさせる、そんな絵だった。

タイトルは「夜来Ⅲ」。

「市井棗さんの新作ですよ」

一心に絵を見つめるわたしに気付いた客のひとりが教えてくれる。

「棗さん、ですか」

このひとが呉野さん贔屓の画家かと考えていると、「貴女と少し作風が似ていますね」と同じ客が言った。眉をひそめて振り返る。

黒のスーツを着たひょろ長い男がわたしの後ろに立っていた。

いびつに育った植物のような男だ。若くも見えるが、初老といっても不思議ではない年齢不詳の風貌。百八十センチ以上はあろう長身を猫背気味に折り曲げ、こちらをじっと見つめている。その目の奥には暗い洞があった。生きながら異界の人となった母の目と同じ色。

じりりと半歩下がってから、かろうじて理性が舞い戻り、わたしはかりそめの笑みを口元に浮かべる。

「はじめまして、だったでしょうか」

「貴女のほうはそうだと思います。はじめまして、時川詩子さん。貴女のことはよく存じていますよ」

このような風貌の男なら忘れるはずがないが、わたしの記憶にはなかった。こちらの困惑が伝わったのか、「あぁ、すいません」と男は軽く笑い、スーツのポケットから名刺入れを取り出す。

「わたくし、こういう者です」

「九十九……？」

特徴のないシンプルな名刺には、九十九画廊代表取締役の肩書きと、九十九肇の名前が印字されていた。在所は東京都江戸川区とある。

「東京で画商をしております。時川璃子さんの作品を何点か扱わせていただいたこともありますよ」

「あぁ、そうでしたか」

母のほうの知り合いかと得心がいき、非礼を詫びる。

「お嬢さまがいらっしゃるという話は知っていたのですが、まさかこのようにかわいらしい方だったとは。貴女も絵を描かれてますよね」

「まだ勉強中ですが」

わたしは近く開催される烏丸ファシリティの展覧会が縁で、呉野氏と知り合った旨を簡単に説明する。九十九さんは父親の代から呉野家に出入りしている画商なのだという。

「貴女の絵を一度見たことがあります」

「夜来Ⅲ」から視線を解いて、九十九さんがこちらを見つめる。

「璃子さんの、ふしだらな獣とは異なる――魔があった」

魔、という表現は、わたしの胸奥のやわらかな部分に滑り込んできた。

心臓を冷たい手でつかまれた心地がして、知らず息を詰める。

「魔、ですか」

「ええ。貴女のうちには余人には理解しえない魔物が棲んでいる」

詩的な言い方を九十九さんはした。クッ、とそこではじめて男が咽喉を鳴らす。白い喉仏が別の生き物のようにうごめくさまに、わたしは目を奪われた。

「貴女のような絵師であれば、ともすれば――」

「詩子さん」

そのとき、横から分け入った声が、ぼんやりしていたわたしの意識を呼び戻した。「探しましたよ」とわたしと九十九さんの間に割り入った男が言う。青みがかったダークグレーのスーツに糊のきいたシャツ。いつもどおりのたたずまいをしたそのひとに、ほっと肩の力が抜けるのを感じた。

「七森さん。どうしてここに？」

「仕事ですよ。更科さんが都合がつかないというので、代わりに俺が」

「――お久しぶりですね、七森くん」

声をかけた九十九さんに、七森さんは頬を歪める。人前では紳士な態度を崩さない彼にしてはめずらしい、いかにも厭わしげな目つきだった。

「どうも。今日はどんなご商談ですか」

「呉野さん贔屓の画家の絵を拝見しにうかがっただけですよ。長年懇意にしていただいているお客さまですからね」

「『ねこまた』もそうして西方画廊に流したんですか」

まだ記憶に新しい作品の名が挙がり、わたしは瞬きをする。

七森さんの口ぶりだと、西方画廊に月舟の贋作を流した相手が目の前の九十九さんらしい。冷ややかに向けられる視線にもひるまず、「さぁ、なんのことだか」と九十九さんはぬけぬけと言った。

「あなたの取引に口を出すつもりはありませんが、彼女には近づかないでください」

「ひどいですね。まるで害虫か何かのような物言いだ」

ニヤニヤと半月形をした目で笑い、九十九さんは身を引いた。行きましょう、と七森さんがわたしを促す。ちょうどホールに呉野氏が登場していた。七森さんと九十九さんのただならぬ雰囲気にのまれていたわたしは、戸惑いつつも彼に従う。

「学生時代のあなたが描いた絵」

残された九十九さんがポツリと呟いた。

わたしではなく、七森さんに向けた言葉だと遅れて理解する。彼の横顔が目に見えて蒼褪めたからだ。

「時川さんに見せたら、どんな感想をもらえるでしょうね？」

意味深な問いかけを、七森さんは無視した。

美大進学とともに家を出た彼が大学を中退し、わたしと再会するまでの五年間。音信を絶った彼が、どこで何をしていたのかをわたしは知らない。次に再会したとき、彼はすでに烏丸ファシリティに勤めており、前以上に隙のない態度と物腰を身につけていた。そして、あれほど分かちがたく結びついていたはずの絵筆を折っていた。

「七森さん」

ホールから離れ、ひとの少ない露台に出たところで、ようやく彼は足を止めた。どことなく疲弊した七森さんの様子に、どうかしましたか、とわたしは訊いた。

「何でもありません。飲み物を取ってきましょうか」

「平気です。あなたのほうこそ、具合が悪そうですよ」

露台には、水気を含んだ竹のにおいが立ち込めている。行きに降っていた雨は止んだらしく、雨音は聞こえない。

わたしは衿元から取り出したハンカチを七森さんの額にあてた。冷えた指先が、彼のこめかみにあたる。いつもより少し体温が高い。息を止めたくなるような静寂の中、わたしたちはひとときの物言いたげな視線を絡めた。

今なら、とわたしの中の魔物が頭をもたげる。

この男をたぶらかせそうな、そんな気がする。

わたしのものになるかも。わたしだけの、ものになるかも。

そうしたらわたしは――……満たされるけれど、たぶん少し、ほんの少しだけ落胆する。

甘美な夢想に、ふっとわたしは微笑った。

「お仕事って、嘘でしょう」

畳んだハンカチを引き寄せて、別のことを言う。

「錺屋さんですか。今日のことをあなたに告げ口したのは」

「あいつにぺらぺら話す貴女が迂闊なんでしょう。更科さんが今日の招待状を受け取っていたのは嘘じゃありませんけどね」

「お節介」

「そう思うなら、次からは先に俺に相談することです。あと、個性豊かなお友だちができたようで何よりですよ」

「友だちじゃなくて、ただのクラスメートです」

口をへの字に曲げてわたしは反論する。何がおかしかったのか、彼は眉をひらいて小さく笑った。ぎこちなかった空気がもとに戻るのを感じて、わたしはそっと力を抜いた。

「貴女のほうこそ、何を目論んでいるんです？」

給仕からもらったノンアルコールの食前酒をわたしに差し出して、七森さんが尋ねた。

目論むなんて人聞きが悪い。わたしはツンと顔をそむけ、カクテルグラスに口をつける。

「二階の最奥の部屋。前に来たとき、七森さんは何か感じませんでしたか」

「特には。雨戸は閉めてありましたね」

「爪音がしたんです、中から」

「猫じゃあないですか」

「また猫ですか。猫又でもなし」

とろりとした果実酒が咽喉を伝う。会場内を回る呉野氏の姿を注意深く目で追って、わたしはグラスをテーブルに置いた。

七森さんがわたしに醒めた眼差しを向ける。

「あの部屋に誰かがいると？　まさか、貴女確かめる気じゃありませんよね？」

「その気がないなら、わざわざ北山くんだりまで来ません」

「会場内はともかく、勝手に二階に上がれば不法侵入で訴えられますよ」

「大丈夫です。『お手洗いを探していたら迷っただけ』ですから」

「……呆れ果てました」

本当に呆れ果てた顔をして、七森さんは首をすくめる。

「東さんは貴女の教育を間違えたのでは？　淑女どころか、とんだお転婆娘じゃないですか」

「放っておいてください。どうせ母親似です」

投げやりに言って、わたしはホールに戻ろうとする。

「ろくろ首なら見かけましたよ」

観念した様子で七森さんが言った。

「どこで何を見たと？」

「この家に貴女方と訪ねたとき、二階の最奥の部屋の前で。閉めきられた部屋から抜け出る女の首を見かけました。おそらく、絵に憑いたろくろ首でしょう」

平然と言ってのける七森さんに、わたしは驚くのを通り越して呆れてしまった。

「だってあなた、あのとき、何もいないって言ってたじゃないですか」

「『ろくろくび』の絵を一緒に見ていたときはそうですよ。帰り際に、最奥の部屋の前を通りがかったときに見たんです」

彼がやたらと呉野さんを警戒したり、わたしを遠ざけようとした理由に急に思い当たった。なんてことはない、彼ははじめてこの家に訪れたときから、屋敷に巣食うただならぬ気配を感じ取っていたのだ。

「確認しますけど、絵に憑いていたわけじゃあないんですよね」

「ええ。あちらはもぬけの殻で、砺波さんが今も修復中ですよ。ろくろ首はいつからか絵を抜け出て、この屋敷か、ひとのほうに憑いている」

せっかく絵から抜け出たのに、そのまま浮世をさまよっているなんて、奇特なモノノケもいたものだ。月舟に封じられたモノノケたちは皆、もとの棲み処である異界に戻りたがっているのだと思っていたので、わたしは不思議な気分になった。

「絵に憑いていない以上、貴女の務めの範疇外かもしれませんが。どうします？」

尋ねた七森さんに、わたしは口端を上げる。

「ここまで来たら乗りかかった船です。それに、絵から抜け出たのにこちらにとどまっているなんて、おもしろい」

「貴女の感性はだいぶ、ひととずれてるように思いますけどね」

肩をすくめ、七森さんはグラスをテーブルに戻した。

絵に群がるひとびとの間を縫ってホール内を突っ切る。出入り口付近にいた係員に七森さんが声をかけた。

「すいません、お手洗いはありますか。彼女、具合を悪くしたようで」

「突き当たりを左です。ご案内しましょうか」

「いえ。わたしが連れていきます。ありがとう」

にっこりと会釈する七森さんは、ひとのよい紳士にしか見えない。

わたしたちは教えられたとおりに突き当たりを曲がると、お手洗いの前を通り過ぎて、階段をのぼった。

幸い、木製のステップには絨毯が敷かれているため、足音は立ちづらい。加えて、外から吹きつける風の音がわたしたちの気配をまぎらわせていた。階段をのぼりきった七森さんが廊下を見渡す。二階にひとはいないようだ。明かりのない廊下に窓からうっすらと月光が射している。

「部屋の中から爪音がした、と言いましたね？」

「ええ。カリカリと木を爪で擦るような」

風が屋敷の外壁を叩き、等間隔に設けられた窓を軋ませる。窓ガラスに不穏な影が映りこんだ気がして、わたしは思わず七森さんのスーツの裾をつかんだ。悲鳴こそ飲み込んだが、衣擦れの音が鋭く響く。

「樹影ですよ。こわいんですか？」

七森さんが軽く笑う。手をつなぎながら、「モノノケなんていつも顔を合わせているじゃあないですか」と揶揄するように言った。

「それはそうですけど。あれははじめからモノノケだとわかっていますし」

古来、ひとは正体不明の闇をさして、モノノケを生み出したのだという。人知を超えたもの、説明のつかないもの、「わからないもの」に人は本能的な恐れを抱く。今のわたしだって例外ではない。

「七森さんは見える人だからいいですけども」

「まあ、この先にいるのが本当にモノノケなら、ですが」

　含みのある言い方をして、七森さんは目の前にたたずむ扉を見上げた。

　錆びた銅製のドアノブが鈍く光る。わたしに目配せをすると、七森さんが慎重にノブを回した。カチャリ。微かな金属音がしたが、扉はびくともしない。逆方向に回しても同じだった。

「鍵がかかっていますね」

「壊せます？」

「無理です。さすがに気付かれる」

「ろくろ首は……」

「いませんね」

　七森さんはドアノブから手を離すと、扉を軽くノックした。

「すいません。どなたかいらっしゃいますか」

　声は落としているが、中には届いたはずだ。何度かノックを続けて、「だめですね」と七森さんが首を振った。

「誰もいないのか、あるいは応えられる状況にないのか……」

　カリ、と微かな爪音がしたのはそのときだ。

　カリ、カリ、カリ……。

ちょうどわたしの腰の高さくらいの位置から木を擦る微かな音がしている。七森さんがわたしを見る。小さく顎を引き、わたしはドアの前にかがんだ。

「そこに誰か、いるんですか」

爪音が途絶える。わたしは扉をできるだけ静かにノックした。

「時川詩子といいます。月舟の末裔で絵師です。あなたは誰ですか」

「……ナツメ」

風音に消え入りそうな声が扉越しに己の名を明かす。

かすれていたが、妙齢の女の声だった。その名に聞き覚えがあって、わたしは息をのむ。暗闇に浮かび上がった、とろけそうな白い女の肢体――。

「『夜来Ⅲ』を描いた市井棗さんですね?」

隣に膝をついた七森さんが尋ねる。沈黙のあと、首肯するように、カリ、と音が返った。

市井棗は呉野が支援している新進気鋭の画家だ。

ただし、その姿を見た者はおらず、年齢や出身も不詳である。まさかこんなところに閉じ込められていたなんて。

「呉野にはいくつか妙な噂があるという話をしたでしょう。そのうちのひとつが、彼が懇意にする画家が消息を絶つというものです。お父上の代から――」

わたしに向けて短く説明し、七森さんは扉に目を戻した。

「あなたもそうなんですか。棗さん」

　窓を閉めきった狭い部屋に囚われた女の姿がよぎり、わたしは声を失する。彼女はこの小さな部屋で、呉野のために絵を描き続けている。七森さんの話だと、囚われた女はたぶんひとりではない。人目につかず死んだと噂されていた呉野の母親。バルコニーから落下し、怪死した彼女もまた、呉野の父親によってこの場所に閉じ込められていたのではないか。

　七森さんが端末を取り出して電源を入れた。

「これは犯罪です。警察に連絡を」

「やめて」

　か細い声で棗さんが制止をかける。顔は見えないが、隔てたドア越しに逡巡する彼女の息遣いが伝わってきた。

「連絡は、しないで」

「何故です?」

　棗さんの答えを待っていると、「詩子さん」と何かに気付いた七森さんがわたしの肩を引き寄せた。

　硬質な靴音が背後から響く。白々とした月が、銀製の持ち手がついたステッキと足の悪い男の姿を浮かび上がらせた。呉野さん、とわたしは目を瞠って、相手の名を口にする。

「こないなところで、何をしてはるのですか?」

口元には穏やかな笑みを浮かべていたが、呉野の目はひどく冷たい。コツコツとステッキでことさら大きく床をつき、わたしたちに近づいてくる。

「おふたりとも、手洗いに向かおうとして迷った——というわけではないでしょう」

考えていた理由を先回りして封じられ、閉口する。七森さんにも呆れられたが、確かにこの状況で口にするには無理があった。穏便な道筋を諦めて、わたしは呉野に向き直る。

「市井棗さんがここにいらっしゃるでしょう」

「棗が? ここに?」

まさか、と言いたげに呉野が肩をすくめる。

「確かに今日は棗の新作披露会ではありますが、この屋敷に彼女はいませんよ。あの子は人前に出ることが苦手やさかい」

「あなたが閉じ込めているだけでは? あなたのおとうさまと同じように。そうでしょう、棗さん」

扉の内側にも聞こえるように声を張る。

しかし、棗さんの声は返らない。眉根を寄せて、「棗さん?」とわたしは扉を叩く。やはりドアは開かず、棗さんの息遣いや爪音も聞こえない。

昂(たかぶ)った気が急速に醒めていくのをわたしは感じた。勝ち誇ったように笑う呉野に、感情のこもらない目を向けると、「なら、試してみましょうか」と廊下に置かれていた花台を引き寄せる。鉄製の四本脚がついた頑丈そうなものだ。

「何を……」

「鬼が出るか蛇が出るか。わたしはね、一度執着したものは逃さない性分なんですよ」

「詩子さん！」

わたしの意図を察したらしい七森さんが制止をかける。それを振り切って花台を扉にぶつけようとしたわたしに、「やめ！」と顔を赤黒くした呉野がステッキをしならせた。花台とステッキがぶつかり、よろめいたわたしを七森さんが受け止める。

「な、何しよる！　警察を呼ぶで！」

荒く息をついた呉野がわたしたちに怒号をぶつける。

じんと痛んだ手を引き寄せ、わたしは薄く笑った。

「あなたもたいがいですよ、呉野さん。何故止めるんです？」

「――やめて」

扉の向こうからふいに明瞭な声が響き、わたしは瞬きをする。

頰を引きつらせた呉野には気付いた風もなく、「やめて」とその声はもう一度はっきりと言った。彼女の意図するところを察して、わたしは眉根を寄せる。

「あなたは望んでその場所にいると？」

「ええ」

「ですがあなたは……」

「もうすぐ『夜来Ⅳ』が完成する」

わたしの問いを遮るように、棗さんは別のことを言った。

「完成、するのよ」

それまでおぼろげだった声に、ハキとした意志がこもる。

見えないはずの女の横顔が、暗闇からくっきり浮かび上がった気がした。ほんの一瞬だが、わたしはそこに、女を捕らえる男と男に囚われる女、パトロンと画家のただならぬ執着を見た。

「邪魔をしないで。そのことを伝えたかった」

でも、と言いかけたわたしの肩をつかみ、「行きましょう、詩子さん」と七森さんが声をかける。

「当人たちが合意でやっているなら、俺たちには関係のないことです。関わるべきじゃない。たとえ、はた目にはどう映っても」

憔悴した呉野に一瞥をやってから、七森さんはわたしの手を引いて歩き出す。

「詩子さんといいましたか」

棗さんは扉に擦り寄るように息を吐き出した。

「――ろくろ首ってね、焦がれた男を憑き殺すそうですよ」

スルスルと棗の首が伸びあがり、扉の外にいるはずの呉野に追いすがる。いとおしげに目を潤ませた女が、男の蒼褪めた唇に冷たい口づけをする。甘美でありながら、むなしくもある幻想に胸がかきむしられ、わたしはきつく目を閉じた。

四

呉野氏が早朝の自宅で急死したのは、ひと月後のことである。

使用人が朝出勤すると、寝室で事切れていたらしい。死因は心不全。ただ奇妙なことに、呉野が苦しそうに押さえていたのは胸ではなく、己の首だったという。

呉野の親族の意向で、氏が所有した美術品は懇意にしていた美術館に寄付されることが決まった。また、修復中の「ろくろくび」は、本人の遺志を尊重して、烏丸ファシリティの「異形と女性展」に展示されたのち、次の所有者に引き取られるという。

これが「ろくろくび」にまつわる今回の顚末のすべてである。

京都市内はきのう、桜の開花宣言が出され、春の陽射しがうららかにまちを包んだ。

「異形と女性展」の会場に訪れたわたしを、「時川さん！」と華やいだ声で更科さんが迎える。

ギャラリーの入り口には展覧会のポスターが張られ、報道の腕章をつけたカメラマンがせわしなく行き交っている。展覧会の初日をあしたに控えたこの日、烏丸ファシリティではプレスや関係者向けの内覧会が催されていた。

「あらためて開催おめでとうございます」

行きがけに花屋さんで、桜の枝をメインに作ってもらった花束を更科さんに渡す。今回の展覧会のメインキュレーターとして、開催までこぎつけたのは更科さんである。精一杯の感謝を伝えると、「ありがとう」と更科さんは明るく破顔した。

「時川さんをはじめとした皆さんのおかげです。『花下幽霊図』、関係者の間でも評判いいよ」

更科さんは中を案内しようとしてくれたが、次々別の来賓（らいひん）がやってくる。わたしのほうから身を引いて、目録を片手にひとり会場に足を踏み入れた。

照明が落とされた展示スペースの中央に、それは配置してあった。

月舟シリーズNo.58「ろくろくび」。

一目見て、砺波さんの腕は一流だったと理解する。

月舟の絵に新たに命が吹き込まれたのを感じた。

薄れていた線はしめやかな艶を帯び、花がいっぱいに開くように首をめぐらせるろくろ首の姿が、砂色の背景に妖艶に浮かび上がる。潤んだ女の目は、ここではないどこか遠くの、焦がれた男の姿を追っているかのようだ。

「よい絵ですね」

隣に立ったひとに向けて、わたしは囁く。

ええ、とうなずく七森さんは、いつものダークスーツに係員の腕章をつけている。今日の内覧会のために、烏丸ファシリティ中の職員が駆り出されたらしい。

「いいんですか、お仕事は」

「『お客さま』のお相手をせよと更科さんから申し付けられたので」

内覧会の会場には、ほかにも美術誌や新聞社をはじめとしたプレス、展覧会の関係者が集まっている。レセプションの開催は三十分後なので、プレスはカメラの位置取りで忙しい。

「呉野邸から棗さんは見つからなかったそうですよ。ただ、新作の『夜来Ⅳ』だけが残されていた」

「彼女、いったいどこの誰だったんでしょうね」

あの晩、扉越しに短い会話をした女性。今となっては、あの日起きたことはすべて幻だったのではないかとすら思えてくる。

日本画コレクターとして有名な呉野が、贔屓の画家を自宅に監禁して絵を描かせていたなど、つまびらかになれば世の非難はまぬがれない。使用人たちが口をひらくことは決してないだろう。男が死に、女の絵が残っただけだ。

「『タスケテ』らしき文字を『ろくろくび』に書いたのは、呉野の母親のほうでしょう。どうやら彼女は精神を病んで、呉野を産んだあとはほとんど絵筆を握っていなかったようです。バルコニーからの転落も、おそらく自殺であると。父親がそのあと急死した理由はわかりませんが」

「憑き殺したのでしょう、ろくろ首が」

決まりきったことのように言ったわたしに、七森さんは何とも言えない表情をした。

モノノケを封じた月舟の描線は、わたしたちが出会ったときには半ば消えかかっていた。ろくろ首がいつ画中から抜け出たのかはわからない。しかし、呉野もまた父親と同じように監禁した画家に絵を描かせ、たぶん同じように憑き殺された。

「七森さん、知っていますか」

思い出したことがあり、わたしは口をひらいた。

「寛永(かんえい)の時代、とある染屋夫婦にまつわるろくろ首伝説が京都北山には残っておりましてね。染屋の妻で、着物に絵付けをしていた女は、気立てはよいものの、夜な夜な首がする伸びる体質のせいで気味悪がられ、離縁されてしまう。けれど、そのあとも別れた夫のことが忘れられず、するする首を伸ばして会いに行き――、最後には夫を憑き殺してしまったと。そういう話です。女の名は、なつめ」

　画中の女に目を合わせ、わたしはくすりと微笑む。

「焦がれて焦がれた男を憑き殺す。『なつめ』はもしかしたら、本懐を遂げたのかもしれませんね」

　ひとつ確かであるのは、「ろくろくび」の画中からも、呉野邸からも、モノノケはすでに消え去ったあとだったということだ。しかたなく、わたしは月舟の画帖の「ろくろくび」のページに「済」の字を入れた。いささか消化不良ではあるけれど、ろくろ首が浮世に現れることはもうない気がした。

　わたしの隣で、七森さんがわざとらしく息をつく。

「俺は呉野氏の急死の混乱の中で、市井棗が行方をくらましただけだと思いますけどね。女性の解釈というのは恐ろしい」

　見鬼(けんき)の才を持っているというのに、七森さんの考え方はどこまでも現実的だ。

　とはいえ、議論を尽くしても答えは見つかるまい。わたしたちはろくろ首に関する話はそれでおしまいにして、中の展示作品を見て回った。

　展示室には中世から近代にかけて、さまざまな絵師が描いた異形が並んでいる。更科さんに頼まれたというのは嘘ではないらしく、七森さんはわたしが乞うと、ひとつひとつの作品の解説をしてくれた。

展示の終盤、現代画家を集めた一角に、時川詩子作の「花下幽霊図」が現れる。

「花下幽霊図」を描き上げたのは、呉野邸の事件があったあとの年の暮れだった。

その日、京都の街に初雪が降った。しんしんと降り積もる雪のつくる、張り詰めた静寂のなかで、わたしはずっとたどりつくことのできなかった女の貌を見た。

男に狂う女の貌である。

それは淫蕩な母に似た、それでいて母とは異なる、わたしの貌をしていた。

「描けたんですね」

「ええ」

「ずいぶんと苦労しているようだったから」

「認めることにしたんです。自分の執着を」

花群れに半ば顔を隠した女に向けて、わたしは言った。そうですか、と答えたきり、七森さんはそれ以上訊こうとはしない。わたしが執着を向けるこのひとは、黙することで話を打ち切ることにしたようだ。そういう狡いひとなのである。

わたしは壁に掛けられている己の絵を眺める。

関係者の間で評判がよい、と更科さんは言ってくれたけれど、わたしには花の下に立つこの女の顔がひどく醜く、愚かしく見える。ひとつの予感がふいに兆した。この絵はきっといつも以上に、痛めつけられる。酷評される。もういい加減慣れてもよいのに、わたしの心のやわい部分からはそのたびにやっぱり血が流れ、描かなければよかった、もう描きたくない、と何度も、何度でも思う。

描かなければ、胸をすりつぶすようなこの渇きはおさまらないのに、それでも、わたしのいびつさを、連綿と続くこの血の呪いを突きつけてくる絵が、わたしはきらいだ。

「すきですよ」

ふと舞い込んだ言葉に、わたしは目をひらく。

「貴女の描くものは皆」

顔を上げると、相手はすでに絵の前から離れていた。

聞き間違いだろうか、それともまたいつもの皮肉やおためごかしだろうか。わからなかったが、言葉にするとたんに壊れてしまうような、脆くて、やわらかなものがわたしの胸を深く貫いていく。こめかみがじんと痛み、咽喉が震えた。

俯いたわたしの頰を、静かに涙が伝う。

「七森さん」

言葉の所在を確かめる代わりに、わたしはずっと気にかかっていたことを口にした。

あの晩、呉野邸で、九十九と名乗る画商が言っていた。

「学生時代のあなたが描いた絵――ってどういう意味ですか?」

いつか訊かれるとわかっていたのか、今日の七森さんは動揺するそぶりを見せなかった。

ただ息を吐き出して、わたしを振り返る。その目には、計り知れない暗がりがのぞいていた。

「罪です、俺の」

乾いた声の向こうに、消えぬ悔恨が揺らめいた。

三

面霊気

一

かつて、ひとつの罪を犯した。

ジィジィ蟬が鳴き立てる中で、俺はひとり絵皿に絵具を溶かしている。
辰砂、赤、緋、橙。色味の少しずつちがう赤が俺を取り巻いていた。空調がポンコツなせいで室内にはうだるような熱気が溜まり、こめかみを伝った汗が顎から滴る。筆を置き、俺はコンクリート打ちの床に無造作に転がっていたスマートフォンを取った。

不在着信がいくつか入っている。のろのろとタップしているそばから、別の着信が入る。発信元は「九十九」と表示されていた。悩んだものの、結局通話ボタンを押す。

「……はい」

『七森くんですか？ いやぁ、まったくつながらないからどうしようかと思いました』

上っ面だけ慇懃な喋り方をするその男は、『そちらは祇園祭の頃ですかねえ』と内容のない世間話を続ける。俺はろくな返事もせずに、ブラインドを開けた。夏のまばゆい陽射しが目に刺さる。立ちくらみを起こしそうになって窓に手をつき、息を吐き出した。

『……七森くん？』

返事が戻らないことに不審を抱いたらしく、九十九が声を低くする。

「月末には完成します。納品はどこへ？」

『うちの者に直接取りに行かせます。そのあと指定の口座に契約金を振り込みますので、ご確認ください』

九十九が口にしたのは、無名の画家には破格といえる金額だ。どころか俺はまだ二十そこその美大生で、画家としてデビューすらしていなかった。この男だって、父や祖父のことを知らなければ、俺に依頼をしようと思いつかなかったにちがいない。

『楽しみにしていますよ。君の「くろづか」を——』

さざめくような笑い声とともに、通話は切れた。

また蟬時雨の声が大きくなる。着信履歴には、幼馴染みの名前も繰り返し表示されていた。娘のほうか、父親か。大学に行かなくなってすべての交友関係を絶った俺に、未だに連絡を取ってくるのはこのふたりと親父くらいのものだった。親父のほうは、つい先日まで金の無心で息子に連絡するだけだったのだが。

俺は床に置かれた一枚の絵を見つめた。墨で主線を描き起こした絵は、半分ほど彩色が進んでいる。

縛られた妊婦を喰らう業火の鬼女。

安達ヶ原に棲まう鬼婆を描いた一枚である。「くろづか」と題されたその作品は、月舟シリーズNo.3として下絵が残されているものの、現代に至るまで所在は不明のままだ。

今、俺の前で着々と色づきつつある絵は、異様な妖気をまとい始めている。描いている俺にもわかった。この絵には鬼の妖気が宿っている。それは、所詮はまがいものに宿るかりそめの妖気に過ぎなかったが。

才があるのだ、俺には。

贋作師の才が。

「……ごめん」

ここにはいないひとに向けて呟き、俺は絵筆をとる。

赤、赤、赤……。塗りつぶされていく視界の向こうで、安達ヶ原を彷徨う鬼の咆哮を聞いた。

――安達が原の黒塚に。籠れる鬼の住みかなり。

見事なしだれ桜の下、篝火がチロチロと燃える舞殿を、女面をつけたシテが舞う。

これから鬼へと転じる女だが、老いた今の姿にはあわれさがつきまとい、夜空に響く地謡たちの朗々たる声がものがなしさを添えていた。

毎年催されている春の夜桜能。その第二夜に俺と詩子さんは来ていた。春と秋に野外の舞台で催される能は、チケットが比較的安価にもかかわらず出演陣は豪華で、以前秋の薪能に連れていったときも、詩子さんはいたく喜んでいた。

『紅葉と一緒に能衣装がはためいて。あぁ、今天女が舞い降りたのだなあと思いました』

帰り道、前のめりになって語っていた彼女を思い出す。

今、俺の隣に座った詩子さんは、パンフレットを握り締めたまま、舞台上のシテを一心に見つめている。すっかりあちらの世界の虜になってしまった彼女に苦笑し、俺は舞台へ目を戻した。

一緒に行きませんか、と詩子さんが誘ってくれた演目は、俺にとってはいわくつきのものだった。

安達ヶ原の鬼女伝説をもとにした能「黒塚」。

謡曲や歌舞伎にもなっているこの話は、福島の安達太良山を舞台にしており、熊野山伏・祐慶が連れの行者とともに、老婆に一夜の宿を乞うたことから始まる。

何故このようなわびしい場所にひとりでいるのか。不思議な老婆は、寒さをしのぐための薪を取りに出ていく前に、「閨を決して見ないように」と祐慶たちに言いつける。しかれども、秘密は暴かれるのが常。言いつけを守らず閨をのぞいた祐慶の従者は、そこに折り重なる数多の屍を見つけ、女が安達ヶ原の鬼女であったことを知る。

――安達が原の黒塚に。籠れる鬼の住みかなり。

恐ろしくなって逃げだした祐慶たちを、鬼女に転じた老婆が追いかける。般若の面をつけた女の足取りは次第に乱れ、かぶりを振って苦しみ呻く。そして最後には、正体を知られた己を恥じ入り、祐慶たちの前から姿を消す。

それが鬼女となった女の末路だ。

かつて俺が描いた女の貌だ。

「——……森さん。七森さん？」

控えめに肩を揺すられて、俺は我に返る。公演中、落とされていた照明が点灯し、観客が席を立ち始めていた。隣ではパンフレットを持った詩子さんが心配そうに俺の顔をのぞきこんでいる。

「顔色が悪いですよ。平気ですか？」

詩子さんは布製の鞄から取り出したペットボトルを俺に差し出す。ありがとう、とキャップをひねって咽喉を潤すと、俺は足元に置いていた鞄にパンフレットを入れた。

「寝不足が祟ったのかもしれない。行きましょうか」

「隙がある七森さんって、ちょっとめずらしいですね」

「俺だってボンヤリしていることはありますよ」

肩をすくめ、出口に向かう観客たちに交じる。能舞台のある神社から最寄りの駅までは臨時バスが出ていたが、乗客が詰め込まれた車内を見ると辟易とした。同じことを感じたらしく、「ちょっとお散歩しましょうか」と詩子さんが俺の袖を引っ張る。

「歩けますか？」

「平気ですって。円山公園のほうに抜けますか」

「あそこの桜さんも満開ですものね」

かの東山魁夷も描いた円山公園のしだれ桜。詩子さんが毎年会いに行っている老桜のことを思い出して、俺は微笑む。

この時期の古都は、桜の名所でなくても至るところがうす紅に染まり、夜風に乗ってどこからともなく花びらが舞う。少し前を歩く詩子さんは、花桃色の縞に灰桜の羽織をかけた、春めいた装いをしている。羽織紐に桜の飾りをあしらっているのは、彼女流のおしゃれだろうか。

詩子さんはいっとう桜が好きなのだ。

山桜に大島桜、しだれ桜に江戸彼岸。そして狂ったように咲いて散る染井吉野。雨に濡れてきよらかに震える花も、夜闇ににじんと色濃くたたずむ艶木もどれもみんな好きで、この季節の彼女はいつも桜を探している。

「『黒塚』の鬼女、七森さんはどう思いましたか」

演者の舞やたたずまい、地謡の朗々たる声の響き、満開のしだれ桜の下の舞台——。ひとしきり今日の演目について興奮気味の感想を述べたあと、詩子さんは俺に話を振った。

彼女の問いの方向をつかみかねて、「どうとは?」と俺は聞き返す。

「幼い頃から、わたしは安達ヶ原の鬼女が退散するのを見ると、悲しくなってしまうんです。だって、後ろ暗いことのひとつやふたつ、ひとにはあるじゃないですか」

「まあ、そうかもしれませんね」

「正体なんて暴かれなければよかったのに。祐慶の従者が恨めしい。わたしは鬼女になる直前に、彼らのために薪を取りに行った彼女の心を想うたび、悲しくなるんですよ」

しゅんと目を伏せる詩子さんを俺は奇妙な気持ちで眺める。

「ずいぶん鬼女寄りの解釈をするんですね」

「七森さんはちがうんですか？」

「確かに、鬼女に人間味を与えるかは、演者や演出によって変わるところでしょうけど――」

人気作である黒塚は、研究者によって、鬼女の出自や能における演出方法などいくつかの論文が出されている。昔、「くろづか」を描いたときに調べた。

「彼女は実はしたたかに人間の女を演じていたという説もあって。それは鬼女は鬼女に過ぎないという解釈なのですけれど、俺はそれに近いですね」

「ふうん……。ひねくれ者のあなたらしい解釈ですね」

辛辣に評した詩子さんに、俺は肩をすくめた。

「貴女も十分ひねくれていますよ。――夕飯はどうしますか。先斗町へ出る？」

「それなら、新京極に蒸し寿司がおいしいお店があるんです。錦糸卵がたっぷりのった穴子の。どうです？」

「たまにはお寿司もよいですね」

「じゃあ、行きましょう。まだ閉店には間に合うはずですから」

　詩子さんは機嫌よく俺の腕を取る。そのとき一陣の風が吹いて、アスファルトに落ちていた白い花びらをいっせいに舞い上げた。詩子さんの黒髪にいつの間にか絡まり込んでいた花びらに気付いて、俺はそっと手を差し伸ばす。冷たく細やかな髪から、絹めいたすべらかな花びらがこぼれた。目を伏せた詩子さんの眦（まなじり）に、ぼう、と朱が差す。

「ひとには辛辣なくせに、ひとでなしにはやさしいですからね。貴女は」

「はい？」

「ひとでなしばかりにかまけないほうがいい」

　俺は摘まんだ花びらを風に流した。白い花びらは、あっという間に夜の暗がりに吸い込まれる。

「それで？　面倒くさくてわずらわしい、俗世間の雑事はどうだったんです？」

「なんですか、それ」

「クラスメートとのはじめての飲み会の首尾についてですよ」

　彼女が嫌がる話題をわざと持ち出すと、案の定詩子さんは思いきり顔をしかめた。もちろん彼女のことだから、同世代のクラスメートからは浮いて、楽しくなかったと言うに決まっている。けれど、しぶしぶでも飲み会には出たのだから、彼女という人間からすれば大変革だ。

「話したくないです」

しかめ面をしたまま、詩子さんは俺の腕に子どものようにしがみついてくる。

「褒めようと思ったんですよ」

「褒めなくていいです。もう行かない。塩昆布キャベツはおいしかったです」

「それはよかった」

夜道を歩き出した俺たちの背で、花曇りの朧月がまどろむ。


「遺産整理や、七森」

翌朝出勤すると、上司の久重が分厚い紙の束を差し出しながら言った。

久重は三十年以上の鑑定歴を持つベテランの女性鑑定士だ。専門は日本画。五十代半ばになるはずだが、短く切り揃えた黒髪にパンツスーツという出で立ちはこざっぱりとしていて若々しい。

「遺産整理、ですか」

久重の言葉を繰り返して、俺はクリップで留められた紙をめくる。そこには伊鶴万次郎といういかにもおめでたい名前と略歴が記されていた。

「伊鶴製菓……あぁ、夜桜能のスポンサーじゃないですか」

「夜桜能？」

「きのう行ったんですよ」

演目が載ったパンフレットには、確か伊鶴製菓の広告が大きく掲載されていた。伊鶴製菓は伊鶴氏が一代で立ち上げた会社だが、デザイン性に凝った贈答用の菓子でヒットを出し、京都駅前のビルにもテナントが入っていた。

「伊鶴製菓の会長、亡くなっていたんですね」

「昨年あたりから体調を崩していたみたいやな。御年九十の大往生やし、会社の経営は実質息子に任せていたから、混乱はあまりなかったそうや。理想的な死に方やないの？」

説明する久重の口ぶりで、俺もだいたい話の方向が見えてきた。

「伊鶴製菓は私立美術館を持っていましたね。ビルのワンフロアくらいの小規模だった気がしますけど」

「察しがいいやないの、七森。その美術館、閉館したそうや。会長没後の最初の理事会の決定でな」

会社の美術部門というのは、経営陣の交代や方針の転換であおりを受けやすい。美術品は購入費だけでなく、保管やメンテナンス、警備費といったさまざまなランニングコストがかかるためだ。

「伊鶴製菓の経営、悪そうには見えませんでしたが」

「伊鶴社長はイートインスペースの増設やイベントに力を入れたいんやて。ま、よくある話や。——そういうわけで、七森。伊鶴ギャラリーが所有する美術品約千点と、伊鶴万次郎本人の個人コレクション約百点の目録制作の依頼が来てはる。先方は売却も視野に入れてはるそうやし、市場価格を出すところまで込みで」

遺産整理が絡んだ案件では、故人が遺した膨大な量の美術品を鑑定し、市場価格の調査、推定資産の算出を行う。また依頼人が希望する場合は、オークションやコレクターと交渉し、つつがなく美術品の取引が行われるよう手伝うこともあった。

この際に重要となるのが、該当の美術品の目録で、どの時代に制作された何であるのか、その品にまつわる来歴などが細かに記される。

「ただ、伊鶴氏のコレクションの中にひとつ訳ありの絵があるみたいでな」

「まさか、月舟ですか?」

「そう。月舟シリーズ№18『めんれいき』」

聞いたことのないモノノケだ。

面霊気、と久重がノートに漢字を書く。

「能面の付喪神やて。伊鶴氏が自室に飾っとったらしいけど、氏の死後、不可解な現象が起こるようになったそうや」

　月舟シリーズが怪現象を起こすのは、久重のように長く美術に携わっている者からすると、もはや毎度のことらしい。茶飲み話でもするような気安さで話を続ける。

「なんでも、画中の面霊気が涙を流すとか」

「……シミではなく？」

「そう思て一度調べたらしいけど、湿気やカビによるものではあらへんて。あれかね、伊鶴氏の死を悼んで、モノノケがほろほろ涙を流してるんかな」

　かわええなあ、と呟く久重に、俺は複雑な表情をする。俺が知るモノノケは、そのようないじらしい存在ではなかった気がする。

「ほな、さっそくだけど、伊鶴ギャラリーに行こか。依頼品をまず一度見に来てほしいて、伊鶴社長にも言われとんねん」

「場所は——山科のあたりですね」

「車出して、七森。あとあんたに拝み屋の幼馴染みおったやろ。うたちゃんやっけ？　あれも呼んで」

　常人の数倍の速度で頭が回り、口も回る久重は終始こんな調子である。

　わかりました、と苦笑し、俺は久重指名の幼馴染みに電話をかけた。

　この時間だと大学かもしれないと思ったが、またも自主休校していた。むらっ気のある彼女の就学態度に、単位は大丈夫なのかとこちらのほうが不安になってくる。とはいえ、タイミングが合ったのはよかった。

社用車を玄関につけると、ジャケットを羽織った久重が出てきて、助手席に乗り込んだ。

「そういえば、『異形と女性展』、評判よかったらしいやん。あんたんとこのうたちゃん、雑誌で取り上げられているの見たで」

伊鶴氏の資料をめくりながら、久重が話を振ってくる。この上司はふたつのことを同時にできるという特技を持っていて、資料を読み込みながら話すという芸当がごく普通にできてしまうのだった。

久重が話題にしたのは、先日会期末を迎えた美術館部門の企画展だ。詩子さんも現代作家のひとりとして参加しており、彼女がこの企画のために制作した「花下幽霊図」は、専門家だけでなく来場者の間でもちょっとした話題になっていた。

「今はSNSがあるからなあ。拡散速度がちがう。『異形と女性展』、現代作家のスペースは撮影オッケーにしてはったんやろ?」

「更科さんのアイデアみたいですね。久重さんもやってるんですか、SNS」

「いくつかアカウント持っとるよ。酒飲み用と登山用とB級映画オタク用」

「美術はかすりもしませんね」

「仕事用は一個あれば十分。うたちゃん話題になっとるよ。女性絵師。しかも幻の妖怪絵師の子孫で、母親は現代画家の時川璃子。制作依頼もいくつか来ているらしいやん。どないする、七森？　うたちゃん、あっちゅうまに手が届かない存在になってしまうかも」

窓に頬杖をつきながら、にやにやとひとの悪い笑みを浮かべて、久重が試すようなことを訊く。ハンドルを切りつつ、「いいんじゃないですか」と俺は返した。

「彼女の本分は絵師です。その世界で大成できるなら、それに越したことはない」

「っちゃー、面白くない奴やな。嫉妬とかあらへんの？」

「あのひとは外の評価に過敏だから、心配だなとは思います」

注目を受ければ、そのぶん敵意や悪意も集まりやすい。あのひとはいくつになっても、そういったものへの耐性がなく、すぐにへこたれる脆いところがあった。

過保護やなあ、と呆れた風に久重が苦笑する。

「うたちゃん、もう大学生やし、受け答えも大人びてるやん」

「あのひとは大人びた口を利く子どもですよ。放っておくと、ときどきとんでもないことをしでかしますしね」

「そうやっていつまでも子ども扱いするのも問題あると思うで」

からかうように言って、久重は首を鳴らした。本格的に資料を読み込むことにしたようだ。静かになった車内で、俺はラジオの音楽番組をかける。七十年代の洋楽に乗せてしばらく道を走らせると、山科駅が見えてきた。

桜の時期だからか、いつもより人が多い。コインパーキングに車を停めて外に出ると、デパートのショーウィンドウに、春色のワンピースを着たマネキンが見えた。ガラスを挟んでマネキンとにらめっこしている和装の少女を見つけ、俺は口端に笑みをのせる。

ショーウィンドウにはうす紅の花びらが幾片もくっついている。

ガラス越しの世界に目を奪われているお嬢さんを、さて何と言ってこちらに引き戻そうかと考えながら、そちらに足を向けた。


「今日はお忙しい中、ご足労いただきまして」

合流した詩子さんとともに、ビルの五階にある美術館に着くと、キュレーターだったという男が迎えてくれた。伊鶴社長は別の会合があって立ち会えないが、コレクションについては自分が詳しいので遣わされたのだという。

男は一乗と名乗った。

年齢は四十代半ばで、伊鶴ギャラリーのキュレーターとして十年以上働いてきたらしい。

久重が自分たちの肩書きを伝え、詩子さんを紹介する。

いわくつきの絵に関しては専門家です、と説明すると、一乗は興味深げに詩子さんに会釈した。まずは伊鶴ギャラリーのコレクションを確認するという話になった。

「特に浮世絵の蒐集に力を入れたはりまして。喜多川歌麿の美人画に、歌川国芳、渓斎英泉……千点ほど所有していました。最近は幕末の肉筆画の蒐集にも意欲を見せてらしたんですがね」

館内の展示品はすでに撤去されたあとで、空になった展示ケースが並ぶだけの味気ない空間が広がっている。こちらです、と奥の収蔵庫につながる通用口の鍵を一乗が開けた。収蔵庫があるのは展示フロアのひとつ下の階らしい。警備上の理由からか、外からは入れない仕組みになっていて、館内に階段を渡してある。

「伊鶴さん個人が所有されていたコレクションもこちらに？」

「半分は当館に保管してあります。ご自宅にも飾っておられたので、そちらはおいおい社長からお話があるかと」

急勾配の階段を下りながら、一乗が説明する。

階下に現れた収蔵庫に目を向けた詩子さんが、ほう、と息をのんだ。

絵画をおさめたステンレス製の棚が、壁に沿って細長く続いている。いったいどれほどの数の美術品がおさめられているのだろう。壮観やな、と呟く久重に続いて足を踏み入れると、ひんやりと乾いた空気が頬を撫でた。収蔵庫内は、カビの発生や絵具の剝落から作品を守るため、一定の温度と湿度で管理されている。作品のおさめられた棚はどれも整然としていて、長い間、丁寧に扱われてきたことがうかがえた。

「いくつか確認しても？」

「かまいません」

取り出された品々は、ひと目見て、よい、とわかるすばらしいものばかりだった。保存状態も申し分ない。

「もったいないですね……」

つい、といった様子で久重がこぼす。

眉尻を下げて、一乗が曖昧に微笑んだ。

これほどのコレクションが散り散りになってしまうことを久重と一乗は惜しんだのだろう。もちろん個人蔵だろうと美術館に買い取られようと、作品は次の持ち主のもとで新たな生を得る。けれど確かに、伊鶴コレクションとしての生はこの場所で終えるのだ。

「月舟画伯の『めんれいき』は別室に保管してあります。その……シミがひどいので」

涙と表現したらよいのか、迷った様子で、一乗は言葉を濁した。収蔵庫を出て、上の階の展示スペースの奥にある和室に案内される。茶室を模した部屋の床の間には、一幅の掛け軸が飾られていた。

月舟シリーズ№18「めんれいき」。

宙に浮かんだ女面を二本の腕が剝がそうとしている図で、面の横から生えた人間のものらしい腕が得体の知れない不気味さを与えている。何よりも目を引くのは、胡粉を塗った女面に、涙の痕に似た黒い線が幾筋も伸びていることだ。

「シミというには、特有の茶や橙の斑点が見当たらないですね」

一乗に確かめると、伊鶴氏が死んだあとから絵に異変が生じるようになったという。最初は雨漏りを疑ったが、室内にそうした形跡はなく、日に日に涙の筋は増えているらしい。依頼人である伊鶴社長も、一乗から話を聞いて気味悪そうにしていたという。

俺はあらためて絵を注視する。

しばらくそうしていると、画中の面の輪郭がぼやけ、二本の腕が意志を持って動き始めた。狭い和室を画中から伸びた半透明の腕がぐるぐると行き交う。肝心の女面は、画中に深く沈みこんでしまってよく見えない。

「伊鶴家は、かつては能面師を生業としていたそうです。万次郎さんの代で廃業にしたようですが……当時から大事に持っていた絵だと聞きました。万次郎さんの話だと、高祖父が打った能面を月舟画伯が描いたのがこの絵だとか」

「モデルとなった能面は今も残っているんですか？」

「――いいえ。気味が悪いって祖母が捨てたそうよ」

背後から別の声が割り込んできたので、俺は眉をひそめる。

シックな黒のワンピースに赤いエナメルの靴を履いた若い女だった。

女とはいったが、まだ少女を抜け出たくらいの、詩子さんとそう変わらない年頃に見える。日本人形のような艶やかな黒髪は肩ほどまであり、こちらを見つめる切れ長の目はいかにも気が強そうだ。

「沙耶さん」

一乗が驚いた風に声を上げ、俺たちに向けて説明をする。

「伊鶴沙耶さんです。万次郎さんのお孫さんの」

「あぁ」

伊鶴の関係者でもなければ、こんな場所には入り込めない。一乗の様子だと、あらかじめ約束をしていた訪問ではなかったようだが。沙耶が現れるや、先ほどまで好き勝手に部屋を行き交っていた腕は、何故かするすると画中へ戻っていった。

「あなたが父が呼んだ拝み屋？」

俺と久重には目もくれず、沙耶が詩子さんに訊いた。

風呂敷を胸に抱いた詩子さんは胡乱げな顔をして、「そうですが」と言う。

ふうん、と詩子さんを頭のてっぺんから爪先まで眺め回す沙耶は、何かの品定めをするようだ。やがて胸の前で腕を組み、きっぱりと言い放った。

「お祓いは必要ないわ。絵は焼き払うから」

「焼き払う？」

さすがの詩子さんも、沙耶の言葉には耳を疑ったようだ。彼女にしてはめずらしく、ポカンとして沙耶を見返す。

「ええ。気味が悪いのよ、その絵。おじいさまは気に入っていたようだけど、調べてみたら、いわくつきの妖怪画だっていうじゃない」

「ですが、沙耶さん。『めんれいき』は代々伊鶴の家に……」

一乗さん、と沙耶はたしなめるような声を出した。

「代々と言ったって、たかだか百五十年ばかりでしょう。しかも、能面師を廃業にしたのはおじいさまじゃない。それなのに、能面のお化けの絵なんて飾って。辛気臭くて、わたしは嫌いだったの」

取りつく島のない沙耶の様子に、一乗は弱りきった顔をする。

どうやら伊鶴社長と娘の沙耶とでは、「めんれいき」の処遇についての考えがちがうようだ。現代に生まれた沙耶からすれば、怪現象を起こす妖怪画など、気味が悪いものでしかないのはわかる。だが、焼き払ってしまえというのはまた極端だ。

「ご自身で焼き払うんですか？」

首を傾げた詩子さんに、沙耶は面倒そうに頬を歪めた。

「そんなの、いくらでも方法はあるでしょう。それとも、あなたのところのお祓いプランでは、やってくれるの？」

「お焚き上げは残念ながら。わたしの本分は絵師で、神主でも住持でも、ましてごみ処理業者でもありません」

「なら、やっぱり今回はお断りするわ」

端末を取り出してさっそく持ち込み先を探し始めたらしい沙耶を見て、詩子さんは口をつぐんだ。一度無表情になった口元に、花冷えにも似た冷たい微笑がのる。彼女がだいぶ気分を害しているらしいことが俺にはわかった。

「絵とは憐れなものです。持ち主を選べない」

独り言のように呟いて、詩子さんは風呂敷を抱え直す。

「せめて自分の手で始末をつけるのかと思えば、それすら他人任せ。まったくモノノケへの礼がなってません。それで憑き殺されたって、こっちの知ったことじゃあない」

沙耶の頬がぴくりと引き攣る。

詩子さん、と俺は彼女の腕を引いた。

初対面の人間に、いくらなんでも言い過ぎだ。渋面になった俺に、「わたしの仕事はなくなったようですから」と詩子さんが冷ややかに言った。それから、床の間に掛けられた「めんれいき」に向き直って目を細める。

「この礼儀知らずの持ち主を憑き殺したら、わたしのところへいらっしゃい。もとの棲み処にかえしてさしあげますよ」

面霊気の二本の腕がするすると伸びて、詩子さんの両頬に触れる。気付いているのかいないのか、色素の薄い目を細めるだけで、彼女はされるがままになっている。

やがて、透き通った腕がまた画中に戻ると、詩子さんも視線を解いた。風呂敷を腕に抱いたまま、沙耶には見向きもせずにきびすを返す。沙耶のほうも、「お祓いなんていらないから」と一乗に念を押すように言った。

「ですが、『めんれいき』のことは千之助(せんのすけ)さんが……」

「父にはわたしから言っておく。神主でも何でもないいって、あの拝み屋も言っていたじゃない。そんなよくわからないひとにお金を払うなんて、おかしいわよ」

「……彼女が依頼人からお代をいただいたことはありませんが」

いちおう訂正を入れた俺を沙耶がキッと睨(にら)みつける。

「それでも同じ。胡散(うさん)臭いのよ」

一蹴(いっしゅう)すると、沙耶は長い黒髪をひるがえして、その場から立ち去った。台風さながらの令嬢がいなくなると、間の抜けた沈黙が落ちる。すっかり置いてきぼりを食ってしまっていた久重に、すいません、と一乗が詫(わ)びた。

「沙耶さんは幼い頃から万次郎さんにとても懐いてらして。社長がコレクションを売り払うと決めたとき、真っ先に反対して、東京から駆けつけたのも沙耶さんやったんです。きっとまだ怒りがしずまっていないのでしょう」

沙耶からすれば、俺たちはコレクションを売り払うために父親が呼んだ鑑定士と拝み屋だ。悪感情を抱くのも無理はない。

「鑑定の件は、あらためて千之助さんからご相談しますので」

沙耶にはいつも振り回されているのだろうか、慣れた様子で一乗が頭を下げた。先の口ぶりからしても、一乗自身は沙耶に同情するところがあるようだ。

事務室に戻る一乗と久重のあとについて、俺は一度「めんれいき」を振り返る。

二本の腕は画中に戻っていたが、中央の面からは一滴の涙が伝っていた。音もなく溶けて消える涙にひとしとき目を向け、俺は部屋から出た。


ギャラリーの事務室で、コレクションの運送方法や日取りといった細かな話を詰める。

コレクション目録を眺めながら、「月舟作品は『めんれいき』のほかにはなかったんですか？」と俺は一乗に尋ねた。

「所有しているのは『めんれいき』だけですね。ただ、会長が亡くなる少し前だったでしょうか。月舟作品を持った画商さんがいらっしゃったことがありました。会長も乗り気やったんですが、本格的な話になる前にそのまま」

「その画商の名前は覚えていますか？」

「なんやったかな、変わった名前やった気はするんですけど」

記憶をたどるように目を細め、一乗はデスクの抽斗をあさる。

「お名刺と作品の写真をいただいたはずなんですよ。ええと確か……」

引き抜いたファイルをめくり、「ああ、あった」とクリアポケットに挟んであった資料を取り出す。紙の端にクリップ留めされたシンプルな名刺には、見覚えのある名前が印字されていた。

「九十九画廊……」

じんわりと嫌な汗が滲むのを感じながら、渡された資料をめくる。

言い知れぬ予感が腹の底から這い上がってきた。悪いカードを引き当てる、その直前のような。ぱらぱらとページを繰り、数枚目に貼り付けてあった写真を見て、俺は息を止める。

縛られた妊婦を喰らう、業火の鬼女。安達ヶ原の鬼女伝説。

「そう、『くろづか』です。ずっと行方がわからへんかった作品やて、会長が興奮されてはったから、覚えていたんです」

視界が揺らぎ、白濁としかける。

写真であっても、ひと目でわかる。

これは俺の探していた絵だ。五年前に俺が描いた。

――「くろづか」の贋作だ。

二

『七森……叶くんですか?』

五年前、美大に籍を置きながら、複数のバイトを掛け持ちして食いつないでいた俺の前に、その男は現れた。当時の俺は、絵の世界にのめりこむにつれ、絵が描けなくなるというがんじがらめの状況に陥っていた。

俺の描くものは本当に俺のものなのか。

誰かのオリジナルの焼き直しに過ぎないのではないか。

次第に、それまでは確固として持っていたはずの「描きたい」という気持ちすらおぼつかなくなり、俺は所属している日本画科にも足が遠のきがちになった。

『七森胎蔵さんの御子息の』

胎蔵、というのは俺の父親の名である。

といっても子どもの頃からほとんど家には帰らず、俺が中学に上がった頃に病弱な母を残して蒸発した。贋作師だったと聞いている。しかも祖父や曾祖父のような才能すらない、凡庸な。

数年ぶりに聞く父の名に身構え、俺は探るような目つきで男を見上げる。

ひょろりと背の高い、いびつに育った植物を思わせる男だった。

『……どちらさまですか』

その日の俺は、車の交通量調査のバイトをしていた。

冬の寒空の下、ガードレールのそばにパイプ椅子を立てて、まばらに走る車のカウントを続ける。深夜零時近い時間帯のため、ほかに通行人はおらず、時折明滅を繰り返す街灯の下には俺と男だけが立っている。

『申し遅れました、ワタクシこういうものです』

男は芝居がかった仕草で頭を下げ、背広の内ポケットから名刺入れを取り出した。

九十九画廊の九十九肇。

シンプルな名刺の右下には画廊の所在地として、東京都江戸川区と書かれていた。

画廊と聞いて、すぐに嫌な予感がした。親父だ。親父がまた何かをしでかしたのだ。

『親父、今度は何をしたんですか』

俺の言葉に、九十九はぱちぱちと機械めいた瞬きを繰り返し、急に笑い出した。口元は笑みをかたどっていたが、それは機械が人間を真似ているような、どこか人工的な表情だった。

『慣れていますねえ、七森くん。胎蔵さんにさんざん振り回されたクチだ。彼、もうずっとロクに家に帰っていなかったのでしょう?』

『ときどき母に小遣いをせびりに帰るくらいでしたよ。父が何か？　また妙な絵を売りつけにやってきましたか』

　才能がないうえ、最低限の修練すら怠っているにもかかわらず、父は贋作師であることにこだわっている男だった。

　祖父にある種の崇敬の念を抱いていたらしい。下手な贋作を何枚も描いて、資産家や画廊に売りつけに行く。ときには恫喝まがいの態度を取ることもあったようだ。電話越しに相手に謝る母の憔悴した背中を、幼い頃俺は何度も見た。長じるにつれ、そういった電話を切る役目は丸ごと俺が引き受けたのだが。

　今日もいつもの話かと思って、うんざりした顔をする俺に、九十九は蒼白い頬を歪めて笑った。車が二台、九十九の背後を通り過ぎる。ハイビームにしたヘッドライトの明かりが目に刺さる。

『死にましたよ、胎蔵さん』

　彼は静かにそう告げた。

　瞬きをしたあと、はあ、と俺は平坦にうなずく。惰性のようにカウンターを二回押した。

『病気ですか？』

『脳梗塞だったようですね。ひと月前に東京で倒れてそのまま……。火葬も済ませています。本人はご家族はいないと仰っていたんですが、僭越ながら私が調べさせていただきました』

『あいつの骨なら要りません。お手数ですが、排水溝にでも流しておいてもらえますと』

『排水溝は詰まるからいけませんねえ……』

　俺の言葉を冗談と受け取ったのか、九十九は首をすくめた。

『それを伝えにわざわざ?』

　父とどんな縁があったかは知れないが、東京から京都くんだりまで足を運んだのだとしたら、ずいぶんなお人好しか粋狂な人間だ。申し訳ないが、目の前の男がお人好しのようには思えなかった。

『いいえェ。本題はこれからですよ』

　九十九が相好を崩す。人懐っこい笑顔を模していたが、ぱっくり割れた人間の皮からおぞましい何かがのぞいたように俺には見えた。

『胎蔵さんは、ワタクシども九十九画廊に借金があるんです』

『……借金?』

『契約違約金とでもいいますか。彼はワタクシどもに納めるべき作品を完成させないままこの世を去った。契約金を事前にすべてお支払いしていたにもかかわらず、ね』

　革靴をカツリと鳴らして、九十九が一歩前に踏み出す。一九〇センチ近い長身のせいで、大きな影が覆いかぶさってくるような錯覚に囚われた。後ずさりかけた俺の腕を九十九がつかむ。

『よい手をお持ちですね、七森くん。よい贋作師の手だ』

半月に目を細めて笑う男が、贋作師の幻影に重なる。俺は九十九の手を振り払った。この男がこれから何を俺に要求するのか、直感したからかもしれない。

『帰ります』

『どこへ？　欠席しがちの美大にですか？』

見透かしたように九十九は言った。

『それとも、お母さまのもとへですか？　大病を患ってホスピスに入っているそうですね？　お母さまは、胎蔵さんの死と、彼が遺した莫大な借金の話を聞いて、耐えられるでしょうか……』

きびすを返そうとした足が止まる。

『一枚だけですよ』

動けなくなった俺に、九十九が囁いた。

『たった一枚描くだけです。たいしたことではない。それでぜんぶ解決して、あなた方が胎蔵さんの呪縛から逃れられるなら、いいじゃあないですか。……第一、この先あなた』

眇められた目が俺を見つめる。

『借金を返せるだけのオリジナル、描く自信があるんですか？』

耳奥で、ジィジィ蝉が鳴きたてる声が大きくなる。

描きたいと。

描きたい、描きたいと、思えば思うほど、かつて勢いのままふるえたはずの筆は強張り、描線は崩れてかたちを失くす。俺にはもうずっと描き方がわからない。何がオリジナルなのか、どこに「自分」はいるのか、向かいたい先はどこなのか。決して揺らがないと思っていた「描きたい」という衝動の在り処すら、定かではないのだ。

だから逃げたい、と思った。

そして愕然とした。逃げたいと思って逃げられる、たやすく筆を捨てて、たぶんそのまま生きていける。そういう自分に腹の底からぞっとした。

九十九はじっと俺の返事を待っているようだった。

おそらくこの男は、はじめから俺を追い詰めるつもりでこの場所に来た。母のことも俺のこともぜんぶ調べて、できる、と踏んだから来た。九十九という男は、同じ手口で何人もの人間を破滅させてきたのだろう。

あのときのことを思い返すたび、別の道はなかったのかと俺は今も考える。

――いや、なかった。少なくともあの頃の馬鹿で餓鬼だった俺には。

警察への通報はおろか、誰かに相談することすら思いつかなかったあの頃は、結局どんな道をたどっても、同じ場所にたどりついていた気がする。

それでも、あの手は決して取ってはならない手だった。

絶対に取ってはならない手だった。

そうもまた、思うのだ。


「――……七森さん。七森さん？」

目の前でヒラヒラと手が振られて、俺は我に返った。

岩絵具の瓶を手にした詩子さんが不思議そうにこちらを見つめている。彼女の背には、数十はあろう絵具の瓶がずらりと棚に並んでいた。いつものように璃子さんのお見舞いに行った帰り、絵具を買い足したいという詩子さんに付き合って、この画材屋に立ち寄ったのだ。

「あぁ、なんでしたっけ？」

「ですから、うちに月舟とおぼしき作品が持ち込まれたんですよ」

「まさか、『くろづか』ですか？」

聞き返した俺に、詩子さんはきょとんと瞬きをした。

「いえ。『あずきあらい』のほうです。『くろづか』がどうかしました？」

並んだ岩絵具を確かめながら、詩子さんが尋ねる。

鶸色に、鶯、緑青、若葉……。グリーン系統の色だけでも、かなりの種類がある。

「先日能で見たので、気になっていただけです。――小豆洗いですか。川で小豆を洗うイタチ姿の？」

「ええ。個人で所有されていたようですが、夜な夜なショキショキ音が鳴ると恐ろしがっていらして」

「ポルターガイストでなければ、真作のようですね」

「でしょうね。西方画廊の直樹さんが紹介してくださったんです」

以前、「ねこまた」の件で関わった西方直樹は、今も大学に通いながら、画廊の経営を手伝っているようだ。今回の「あずきあらい」もはじめは西方画廊に相談があったのを、詩子さんに回したのだという。

集まってくるときは集まるものだな、と考えながら、伊鶴社長から相談があったもう一枚の月舟シリーズを思い描く。

あらためて伊鶴から鑑定を依頼されたリストからは、月舟の「めんれいき」が落ちていた。沙耶は本当に絵を処分したのだろうか。気にかかりつつも、一乗にはまだ直接確認できていない。

「『めんれいき』のほうは、どうしますか」

試しに訊いてみたが、「さあ」と岩絵具の瓶を手に取る詩子さんはそっけない。

「伊鶴製菓のご令嬢が変死とは報じられていないようですから、まだ焼き払ってはいないんじゃないですか」

　ツン、と顎をそらして言う。このひともいい加減大人げない。

　俺は嘆息した。

「亡くなった万次郎氏は能装束や能面も多くコレクションしていたようですよ。しかも保存状態はすこぶるよい。先日、見に行った能の後援に伊鶴製菓がついていたでしょう。あれも万次郎氏の意向だったそうで」

「何が言いたいんですか？」

「廃業したとはいえ、万次郎氏は能を愛していた。そのお孫さんが能面に憑き殺されるというのも寝覚めが悪いでしょう」

「相変わらず、びっくりするくらいお人好しですね、七森さん」

　詩子さんは鼻でわらった。

　粒の粗さを確かめてから、いくつかを店主に言って量り売りしてもらう。ついでに紙を数巻きと膠や明礬といった消耗品を買い足す。彼女は作品を売って手に入れたお金のほとんどを次の絵の制作に費やしてしまう。

「いいじゃないですか、誰がどこで憑き殺されても。別に人助けのために家業を継いだわけじゃありません」

「なら、何のためですか。モノノケのため？」

彼女はひとよりもモノノケの側に心を寄せる。幼い頃からそうだった。ひとを助けたいとは言わないが、画中のモノノケをもとの棲み処にかえしてやりたいとは言う。そして、持ち主を選べない絵をあわれだと悲しむ。見たことはないはずなのに、何故そうもモノノケ寄りの考え方をするのか、俺には不思議なくらいだ。

「それもありますが。本当のところは、もっと私利私欲まみれです」

知りたいですか、と詩子さんは首を傾けるようにして尋ねる。

目が合うと、花群れめいたかりそめの笑みが返った。ろくな理由ではなさそうだと俺は閉口する。「遠慮しておきます」と答えると、詩子さんは残念そうに岩絵具の瓶の表面をツイとなぞった。

画材屋を出ると、花見をしながらだいぶ遠回りをして時川家に戻った。

斜陽で赤く染まった土壁には、「あずきあらい」の絵がポツンと掛けてある。画中で、イタチ姿の小豆洗いがショキショキと籠で小豆を洗っている。右下にはあずきあらいの名と月舟の落款。

画中から尖った鼻面がヌッと突き出ていたので、俺は眉をひそめた。

イタチにも似た黒い鼻が時折ヒクヒクと震えているが、ほかは死んだように動かない。ショキショキもしていない。モノノケのくせに居眠り中らしい。

「小豆洗いは女性に良縁を与えるともいわれているそうですよ」

居間に続く上がり框(かまち)に買った画材を置きながら、詩子さんが言った。

「実際、所有者にも大事にされていたそうです。夜な夜なショキショキ小豆を洗うのは困りものだったそうですが」

「モノノケによる騒音被害ですか」

「夜になれば、ショキショキしてくれますかね」

今は物言わぬ「あずきあらい」の絵を見つめ、詩子さんはくすりと笑った。

小豆洗いが起き出すのを待つ間、夕飯の支度をするというので、俺も居間に上がらせてもらう。足を崩して、詩子さんが愛読するオカルト雑誌をめくっていると、「ちょっとは働いてください」とそら豆のサヤ剝(む)きを命じられた。

よそゆきのワンピースのうえにエプロンをつけた詩子さんは、キッチンをくるくるとリスのように動き回っている。どうやら元気そうだ、と思い、俺はそっと息を逃した。

璃子さんの見舞いに行くと、詩子さんは決まって心身のバランスを崩す。

璃子さんの放つ気にあてられたかのように筆が乱れ、そういう自分に動揺して、ますます調子がおかしくなる。それでも、フラフラと母親のもとに向かう詩子さんを放っておけず、俺は月に一度の彼女の見舞いに付き添うことにした。こういうところが過保護だと久重は言うのかもしれないが。

「そういえば、いくつか制作依頼が来ていると聞きましたけれど」

　久重の話を思い出し、一緒にサヤ剝きをし始めた詩子さんに尋ねる。あぁ、と少し考え込むように詩子さんは視線を右へ上げた。

「ひとつは呉服店が若者向けに開催する展示会に飾る作品ですね。それと、個人の方ですけれど、カフェに飾る絵が一点。あとは……あぁ、妖怪画」

「妖怪画？」

　彼女はときに幻想的なモチーフを主題にするが、妖怪絵を専門にしているわけではない。妙な依頼だな、と思いつつ詳細を聞いた俺に、詩子さんは千代紙を貼りつけたノートから、一枚の名刺を取り出した。

「去年一度、呉野(くれの)邸の新作披露パーティーでお会いした方なんですが――」

　シンプルな名刺に刻まれた「九十九」の名前に、軽いデジャヴに襲われる。俺は詩子さんが見せた名刺を取り上げると、何も言わずに破り捨てた。

「な、七森さん……？」

「この依頼主はやめなさい。次に貴女の前に現れたときは追い返したほうがいい」

「追い返すと言われても」

　詩子さんは戸惑った様子で、俺の顔と破り捨てられた名刺とを見比べる。それから表情を引き締めて、身体(からだ)ごとこちらに向き直った。

「あなたがそう言うなら考えます。でも、理由は教えてください」

「悪意なしにひとに近付く男ではないからですよ」

「九十九さんとお知り合いなんですか？」

向けられた澄んだ眼差しに、俺は沈黙する。

なるほど、彼女は厄介な女性だった。俺の言葉を鵜呑みにするような素直さを、詩子さんは持ち合わせていない。彼女が納得する理由を提示しなければ、うなずきはしないだろう。

俺はためらった。それは俺のしたことを彼女に告白することにほかならなかったからだ。かつてあの男に言われるがまま、贋作に手を出した俺の。

「七森さん」

詩子さんが膝のうえに置かれていた俺の手を両手でそっと包んだ。水仕事をしていたからか、彼女の手はひんやりと水気を帯びている。

「前に、呉野さんのお屋敷で九十九さんに会ったときも、あなたは少しおかしかった。何かあったんですか、あのひとと」

手を握ったまま、彼女は俺を見つめる。

「罪だと言った、あなたはかつて何を描いたんですか」

胸底の暗がりを見抜くような声を聞いたとき、ふいにくるおしい衝動が胸に兆した。彼女にすべてを打ち明けて楽になりたい。ゆるされたい。そんな、ごく個人的な嵐のような感情だった。

俺は目を瞑った。

「……貴女には言えない」

なんとか吐き出した言葉を彼女がどう受け取ったのか。

俺の手を包んでいた両手の力が少し緩む。

ショキショキショキショキショキ……

そのとき、玄関と居間を隔てるガラス戸越しに、小豆洗いの音が聞こえてきた。

「空気を読まずにお見えになったようですよ、小豆洗いが」

声をかけると、俯いた詩子さんはひどく傷ついた表情をしていた。めずらしい。俺も彼女もむやみに面の皮が厚いせいで、素の表情が垣間見えることは稀だ。とっさにかける言葉を失った俺に、詩子さんはすんと鼻を鳴らして立ち上がった。

「しかたありません。無粋なイタチさんにはお帰りいただくとしましょうか」

ショキショキと小豆を洗うモノノケは、丁重にもてなしたうえ、あちらにお帰りいただいた。霊道に落としたあともしばらく小豆を洗う音が止まなかったため、詩子さんは機嫌を悪くしていたが。

小豆洗いのせいで、九十九画廊についての話題もなんとなく流れてしまった。

憑きもの落としを終えた絵を携え、俺は修復部門のドアを叩く。

「砥波さん」

烏丸ファシリティ屈指の修復師は、今日も机に低反発クッションを置いて寝入っていた。どの時間に訪ねても、砥波はいつもこんな調子である。

わずらわしげに寝返りを打った砥波の首に、差し入れの冷えた缶コーヒーをあてる。

「どわっ」と奇声を上げて、とたんに砥波が跳ね起きた。

「おはようございます、砥波さん。お仕事ですよ」

「なんや、おまえか……」

俺の顔を見た砥波はぼさぼさ頭をかいて、缶を受け取った。こんななりをしているが、砥波の絵画修復の技術はかなりのもので、汚損や退色が進んだ絵画も、この男の手にかかれば、描かれた当時の息吹を吹き返す。

絵の入った桐箱を一時的な保管庫にしまう。あくびをしながら、砥波が「あずきあらい」の調査資料をめくった。西方画廊からは憑きもの落としのあとに、絵の修復をするところまでを依頼されている。

「一部に絵具焼けやて?」

「長年、寺の御堂に掛けてあったそうで。香煙のせいで黒化している部分がありますね」

「煤がかかり放題か。そらあかんなあ」

まだ八時前のため、ほかの職員は出勤していない。閑散とした執務室を見渡し、俺は下りていたブラインドを開けた。

「そういや、伊鶴製菓の目録制作はどうなったん？」

缶コーヒーを開け、砺波が共用の棚から菓子を取り出す。伊鶴製菓製の抹茶サブレだ。空いている丸椅子に座って、俺も砺波のお相伴に与る。

「伊鶴さん側から依頼のあった作品の初期調査は終わって、今は各分野の専門家に鑑定依頼を出しているところです。ひと月ほどで目途は立つかと」

今回のケースは、大半が美術館所蔵の作品のため、保存状態は良好、かつ来歴についても確かなものがほとんどだった。ただ伊鶴氏が個人でコレクションしていた美術品の中には一部入手経路が定かでないものもあり、それらを専門家に振る作業をしていたのが先週だ。

「一部の作品については、先方がオークションでの売却を希望されているので、それ用のカタログ作りも必要になりますね」

「時期的には、七月の東京アートオークションか？」

「国内では最大級ですし、各国から画商やコレクターが集まる。妥当でしょう」

伊鶴社長が七月開催のアートオークションを見据えていることは確かだ。万次郎氏の個人コレクションのうち、特に熱狂的なマニアがいる浮世絵には高値がつくことが見込まれるためである。

「伊鶴製菓いうたら、小さなお嬢さんがいたやろ」

記憶をたどるように目を眇めて、砺波が言った。

「小さな……というか、二十過ぎになるお嬢さんにはお会いしましたが」

「あぁ、もうそないな歳(とし)になるか。俺がまだここの見習いに入ったばかりの頃やねん、そらそうやな」

砺波の話では、万次郎氏が能装束の修復依頼をした際に、幼い沙耶を連れて、烏丸ファシリティに訪れたことがあったらしい。年数から逆算すると、当時の沙耶は小学生か。

「俺の腰丈くらいのちっさい子が、『この能装束は安土桃山(あづちももやま)の頃から受け継がれたものなので、大切に扱ってください』なんて言うんや。こまっしゃくれた餓鬼やったわ」

砺波の語る沙耶の姿が今とさして変わらないので、俺はつい笑ってしまった。節ばった砺波の指先が抹茶サブレの包装紙を折る。見る間にひとつながりの鶴が二羽、テーブルのうえで羽を広げた。それをツンと突いて、砺波は呟く。

「ずっとじいさんにくっついて、能装束を見とったで。あの子はほんま、じいさんと能が好きやったんやなあ」

「今ではそのおじいさまの絵を焼き払えなんて言ってますけどね」

俺が「めんれいき」のくだりを話すと、砺波は声を上げて笑った。

「あの子らしいわ」

「らしい、ですかね」

「小さい頃のあの子は、じいさんと離れるだけで大泣きするような泣き虫やったで」

口端を軽く上げ、砺波は缶コーヒーを飲み干した。

三

久重から鑑定報告を受けた伊鶴社長は、コレクションのうち十数点を東京アートオークションに出品することに決めた。さっそく、烏丸ファシリティが代理人となり、オークションへの登録を済ませる。調査報告書の作成をはじめとした出品準備に忙殺され、初夏は瞬く間に過ぎ去った。

「東京で梅雨明け宣言やて」

久しぶりに会った錺屋は、耳のピアスを増やしていた。シンプルなサークルモチーフに加え、いかつい髑髏が重たそうにぶらさがっている。相変わらず趣味が悪い。

濡れた傘を椅子の背にかけ、上着についた雨滴を払う。相手のトレイに積まれたドーナッツの山を見て、俺は嘆息した。

「それでよく胸やけを起こさないですね……」

「好きなもんで身体悪くするわけないやろ。七森は？　何か食わへんの？」

「俺はコーヒーで十分です」

錆屋が勧めてきたドーナッツの皿を突き返し、砂糖もミルクも入れずにコーヒーカップを持ち上げる。

「うたちゃんが心配したはったで。七森が最近顔を見せへんって」

「仕事が忙しかったんですよ」

「それでも、夕飯くらいは食いに帰ってたやん。あの子、身内はおらんし、そう友だち多い子やないし、放っておいたらかわいそうやんか」

「それなら、君が顔を出したらいいじゃないですか」

「俺はひとところに留まるのは無理や」

あっさり投げ出して、錆屋はドーナッツをかじる。

「あずきあらい」の一件以来、詩子さんのもとへ足が遠のきがちになっていたのは事実だ。頬杖をついて、俺は窓の外に目をやる。十日以上続く長雨が、山鳩色のアスファルトにいくつも水たまりを作っていた。

「七森ぃ。もっと気楽に生きぃよ。そんなんやと過労死するでー」

「君みたいなヒトデナシが何を言うのやら」

「あーあー、餓鬼の頃からおまえはかわいげのない」

呆れた風に息をつき、銹屋は椅子に置いたリュックから茶封筒を取り出した。

ようやく本題だ。

封を開けると、中から九十九画廊関連の調査報告が出てきた。伊鶴ギャラリーに置いてあった名刺をもとに、個人的に銹屋に頼んだものだ。

「名刺にあった住所はほんま。奴はかつて東京のテナントに店を構えていたらしい。ただ、それも三年前に引き払って現在の在所は不明」

開業時の写真を何枚か見せられる。取り立てて特徴もない、ごく普通の画廊だった。並んでいる美術品は、江戸から大正にかけての日本美術が多い。画像が粗いせいで、作品の真贋まではわからなかったが。

「西方画廊に月舟の贋作を流したのは、九十九で間違いないんですが。それに伊鶴ギャラリーや……詩子さんの前に現れた男も」

「ようわからへんなあ。月舟シリーズを集めたり、偽もんを描かせたり。何が目的なんや」

しかめ面をして銹屋が腕を組む。

昔馴染みの銹屋は、俺の過去や九十九との因縁を知る唯一の人物だ。

「九十九は父以外の贋作師を何人か抱えていたようです。画廊経営は表向きのもので、実際は贋作制作で得た金を月舟シリーズの蒐集につぎこんでいたのかもしれない。あと、九十九が伊鶴ギャラリーに『くろづか』を持ち込んだ理由なら想像がつきます」

「なんやて？」

「伊鶴ギャラリーでは昔、コレクターと月舟シリーズの売買交渉を行っていたことがあるそうなんです。結局、国外の別の資産家のもとに売られたらしいという話でしたが……」

「九十九はそのゆくえを探るために伊鶴ギャラリーに近づいたんか」

「そんなところでしょう」

たった数カ月の間、関わって別れた九十九の素性は俺もよく知らない。ただ、月舟シリーズに対して尋常ではない執着を持っていたらしいことはわかる。

「そこまでして月舟シリーズにこだわる理由が何かあるんかな」

「さあ。そこは俺にもさっぱりです」

肩をすくめると、ふうん、と錆屋はドーナッツを咀嚼しながら考え込むそぶりをする。

視線の先にあるのは、顧客と話す九十九の写真だ。

「なんや、こいつの顔見覚えがあんねん……」

「見覚え？　それって、いつの時代ですか？」

「んー……」

記憶を呼び起こすように錆屋はこめかみを揉んでいたが、やがて「わからん！」と匙を投げた。投げるのが早い。もう少しがんばれませんか、と言ってドーナッツを積むと、もう一度悩んでくれたが、結局答えは「わからん！」だった。

「そやけど、興味は湧いたな。もうちょい、九十九個人について調べてみるわ。案外、そっちからなんやわかるかもしれへんし」

気ままな性分ではあるが、なんだかんだで面倒見がよいこの男は、気安く請け負ってコーラを飲んだ。ドーナッツにコーラ。つくづく胸やけを起こしそうな組み合わせである。

「お願いします。詩子さんによからぬ企み（たくら）を持ち掛けられたら困りますし」

話しながら、俺は腕時計を確認する。移動の空き時間を使っていたため、そろそろ店を出ないと間に合わない。傘を持って立ち上がった俺に、「七森」と銹屋が声をかける。柄にもなく真摯（しんし）な表情だった。

「今さら九十九なんか追って、おまえは何をするつもりなんや」

「『くろづか』を取り返します。あれは世に出すべきものじゃない」

俺の描いた「くろづか」がまだ九十九の手にあるというなら、回収するのは俺の責務だと思う。しかし、銹屋は不満そうに鼻を鳴らして、空のグラスの氷をかき混ぜた。

「あのときのおまえは、正常な判断ができる状態やなかった。九十九がしたのは、贋作制作の強要や。おまえが必要以上に気に病むことはあらへん」

銹屋がこんな風に相手を気遣う言葉をかけるのはめずらしい。

それほどのめりこんでいるように見えたのだろうか。

椅子に手をかけたまま、俺は目を伏せた。

「そういう問題じゃあないんですよ」

確かにあのときの俺は、父の死と借金を告げられ、半ば強制的に贋作制作に手を染めた。十人いれば、何人かは流される状況だったのかもしれない。けれど、問題はそこじゃない。そうではないのだ。

俺は俺がもっとも大事にしていたものを裏切った。

絵を、裏切った。

「くろづか」を取り戻したところで、この手からこぼれ落ちていったものはかえらない。わかっている。九十九に復讐(ふくしゅう)しても、俺は俺の失ったものを何ひとつ、取り戻せはしないのだと。

けれど、このまま何もなかったことにして生きていくことも、たぶんできやしないのだ。

錺屋と別れて、地下鉄の階段を下りている最中に端末が鳴った。発信元は烏丸ファシリティの久重。歩きながら端末を耳にあてると、『あっ、七森』とめずらしく憔悴した声が告げる。

『えらいことになったわ。今どこ?』

「市役所前です。どうしました？」

『伊鶴製菓のご令嬢いたやん、沙耶さん。病院に運ばれたて』

「……病院？」

まさか「めんれいき」を本当に焼き払ったのだろうか。

口にはしなかったが、察したらしく、『絵のほうは無事』と久重が答える。

『一乗さんの話では、「めんれいき」の前で倒れていたって。心労て診断されたらしいけど、伊鶴社長は絵のせいやて思ってはる。ほいで、例の憑きもの落としを無理にでもしてくれへんかって。あんた、うたちゃん連れて話を聞きに行ってくれへん？』

沙耶の入院する病院名を伝えて久重が通話を切る。

詩子さんは果たして憑きもの落としに応じるだろうか。

先日会ったときの頑(かたく)なな態度を思い出し、俺は嘆息交じりに彼女の端末を呼び出した。


日が暮れ始めた病院の廊下を歩く詩子さんは、案の定機嫌が悪かった。

いちおう憑きもの落とし用の道具を風呂敷に包んでいたが、彼女の背中は今にも帰りたげである。風呂敷を抱え直して、はあ、と詩子さんは重い息をついた。

「昼にスマートフォンの電源を入れておいたのが運のツキでした」

「ツキってなんですか。そもそも電源は普通入れておくものでしょう」

「こんな気乗りのしない依頼を受けるはめになりました」

　はあ、ともう一度息をつく詩子さんは、ちっとも俺の話を聞いていない。

　沙耶に対してまだわだかまりが消えていないらしい。執念深いお嬢さんに呆れて、俺は憑きもの落としの道具が入った風呂敷を横から取り上げる。

「さっきは水まんじゅうふたつで手を打つと言ったじゃないですか。往生際が悪い」

「あなたが困ってそうだったから、しかたなくですよ。久方ぶりに電話をかけてきたから何かと思えば……」

　それについては後ろめたさがあったので、俺は口をつぐんだ。

「分が悪くなると黙るのは大人げないですよ。七森さん」

「……仕事が忙しかったんですよ」

「ほーう、仕事。まあ、いいですけど。わらびもちふたつ追加で、その言い訳がましさは見逃してあげます」

　詩子さんが好き勝手言っている間に、沙耶の病室が見えてきた。

　軽くノックすると、「どうぞ」と少女の声が返る。沙耶ひとりの名前が入った病室に、伊鶴社長はいなかった。ベッドで半身を起こした沙耶がこちらにすげない目を向ける。腕に点滴がされていたが、それ以外の器具はなかった。不審そうな顔をした俺たちに、「父には外してもらったわ」と沙耶が告げる。

「『めんれいき』はキャビネットにしまってある。出してちょうだい」

「いいんですか？」

「ぜんぜん、よくなんかないわよ」

腕を組む沙耶は尊大な態度を崩さない。ただ、以前より顔はやつれ、声にも覇気がなかった。検査着の上に羽織った赤いカーディガンがやけに浮いて見える。

「今からでも、焼き払ってと言ったら、あなたたちはやってくれるの？」

「いえ」

「なら、父が依頼した仕事をして。ただし、わたしの目の前でやんなさいね。今ここで」

詩子さんのほうはむっつりとした顔で出入り口のあたりから動かない。しかたなく、俺はキャビネットから「めんれいき」の入った桐箱を取り出した。備え付けの机の上で開くと、確かに月舟の「めんれいき」である。やはり女面の目元から幾筋もの涙が伝っていた。

「伊鶴社長は、『めんれいき』のせいで沙耶さんが倒れたと仰っていたようですが」

「そうかもしれないわね」

口端を上げた沙耶に、「でも、ちがいますね」と間髪を容れずに詩子さんが言った。

「お医者さまのお見立てどおり、心労と睡眠不足が原因でしょう？　そのあわれなモノノケにひとを傷つける意志はない」

「別にどっちだっていいでしょう」

むすっと頬を歪めて、沙耶は肩にかかった黒髪を払った。

「絵に傷をつけたら、ゆるさないから」

自分は焼き払うと言っていたくせに、さも当然のように言う。

あたりまえです、とツンと顎をそらして、詩子さんは風呂敷を広げた。

床を汚さないように新聞紙を敷き、パネルに張った雁皮紙を置く。胡粉、金泥、辰砂といった小面の彩色に使いそうな色を中心に並べ、数種の筆を詩子さんは画材入れから取り出した。塩沢紬の古着をたすきがけにする。

「その絵、嫌いだったのよ」

「めんれいき」に忌々しげな視線を向けて、沙耶は以前にも言ったことを繰り返した。窓に魔封じ用の符を貼っていた俺は、沙耶が半身を起こした寝台を振り返る。

「おじいさまは、能面師になりたかったの。けれど、時代の流れで……なれなかった。その絵を見つめるときの、おじいさまの未練を引きずる目がわたしは嫌いだった。ずっとなくなってしまえばいいって思っていたわ」

沙耶の言葉は途中から独白めいて、とりとめがなくなった。

聞いているのかいないのか、詩子さんは硯で墨を磨り続けている。

「そんなに嫌いなら、宣言どおり焼き払えばよかったじゃないですか。何故やめたんです？」

淡白な物言いだが、どこか沙耶を責めるようだ。

「焼こうとしたわよ」

「それなら」

「でも、できなかった。だっておじいさまが大切にしていた絵なんだもの、しかたないでしょ！」

癇癪気味に、沙耶が寝台を叩く。蒼褪めた少女の横顔に、夕暮れどきの赤光があたり、腫らした目元を明らかにする。同じものをたぶん見たはずだ。詩子さんは沈黙したまま、ふっと冷たくわらった。

「わたしなら、焼き払いますけどね。愛したひとの未練ならなおさら」

虚をつかれた顔をする沙耶には見向きもせず、詩子さんは雁皮紙に向き直った。筆にたっぷり墨を浸して、飛翔する前の鳥のごとく腕をひらく。絵を描くときの絵師のたたずまい。

「では、落とします」

ほどなく画中からするすると二本の腕が現れる。伸び上がった腕は、封を貼った窓にぶつかると、行き場を失くして室内をぐるぐると回りだす。眼前を行ったり来たりする半透明の腕を見据え、「交差する腕が二本」と俺は言った。

前回は画中に深く沈み込んでいて見えなかった女面が、腕の奥からちらりとのぞく。唇からわずかに見えた黒い歯が、若い女の艶を匂わせていた。あぁ、とそれで面の名前に思い当たり、「近江女（おうみおんな）ですね」と呟く。

「『道成寺（どうじょうじ）』などで使う……見たことはありますか」

「道成寺はないですね」

「情と執念をあらわした女面です。貴女なら描けますよ」

モノノケに想いを馳（は）せている詩子さんの横顔を眺め、俺は苦笑する。安達ヶ原の鬼女に寄せていた彼女の眼差しを思い出したのだ。

「恋に身を焼き滅ぼした清姫（きよひめ）もまたあわれだと、貴女は言うんでしょう」

色素の薄い彼女の目にも、うす紅の炎が揺らめいている。

詩子さんの手が動いた。

ぞ、ぞ、ぞ、と行きつ戻りつしながら引かれた線は、ぶつかり合いながら、紙上を行ったり来たりしている。力強さとは反対の、おぼつかなげに煩悶（はんもん）する、病んだ描線だ。

自らを抱き締めるように交差する二本の腕と女面。

詩子さんの繊細な筆が、腕に隠された女面をつまびらかにする。

情に濃い女の貌（かお）だ。

どことも知れぬ場所を見つめる糸目には微（かす）かな苦悩が滲み、細い眉に打ちかかる乱れ髪が女の忍んだ心を語るようでもある。大蛇となり、恋した男を焼き殺す女ではあるが、面に浮かぶ表情はむしろ人間らしく、それがいっそう悲愴(ひそう)さを増す。

徐々に描き出されていくモノノケを見つめる沙耶は、唇を引き結んだまま動かない。華奢(きゃしゃ)な両肩をきつく抱く姿は、画中の面霊気さながらだ。やがて、室内を行ったり来たりしていたモノノケの腕がしぼみ、女面から透明な涙が溢(あふ)れ出す。

闇夜に浮かんだ女面が音もなく沙耶の鼻先まで近づいたので、俺は思わず沙耶の肩を引いた。見ることしかできない俺には、モノノケを引き剝(は)がす術(すべ)などない。それに、モノノケが見えない沙耶は詩子さんの描く画を眺めるだけで、近づいた面霊気には気付いていない。

鏡のように向かい合う面霊気と沙耶の姿にひやりとしながら、俺は詩子さんを振り返った。線描が完成しつつあるのを確かめ、色の指定を続ける。

「腕の色は胡粉の白。内側にはうっすら露草色を刷(は)き、肘(ひじ)に紅」

すいと筆を替えた詩子さんが画中に色を入れる。二本の腕を同じように白で彩色し、薬指ですくった紅を肘の関節のあたりに差す。最後にぼかしながら青を刷くと、画中のモノノケの腕に生気が宿った。

絵に対峙(たいじ)する詩子さんの指先はやさしい。

赤く染まった指先が、ツゥと画中の腕のうえを滑る。異形というよりは我が子に触れる母のような。

「面の色も白、それと……いえ。白一色です。よどみのないように」

「よいですね。面の付喪神らしい」

口ずさむように言って、詩子さんはたっぷりと胡粉を含ませた筆を能面のうえに置いた。花ひらくように白が広がり、塗り重ね、塗り重ねると、次第にひととは異なる、神性を帯びた膚(はだ)色が現れる。

詩子さんは執拗(しつよう)に白を重ねた。西の空に居座るか細い月が、画中の女面をあおぐらく浮かび上がらせる。スッ、とその目元から一筋の涙が伝い、夜の闇に落ちていく。情念の女面であるのに、透き通った哀惜の滲む涙だった。

寝台のうえの沙耶が俺の上着の裾(すそ)をつかんだ。

怖くなったのかもしれないと思ったが、彼女は一心に詩子さんの手元を見つめている。無表情だった沙耶の目のふちから、涙が一筋伝い落ちる。鏡のように沙耶に寄り添っていた面霊気の姿が、とたんに薄らいでいくのに俺は気付いた。

やはり、とひそかに確信する。

面霊気は万次郎氏の死を悼んで涙を流していたのではなく、沙耶の心をただ映していたに過ぎないのだと。

すべてを察して詩子さんが描いているようには思えない。

彼女はひとの心の機微に疎(うと)い。憑き殺されればよい、などと平然と言ってしまえる詩子さんは、沙耶の祖父への愛も、焼き払いたくても焼き払えなかった苦しみも、正しく想像できていないにちがいない。そういう、まっとうでない彼女が、祈りのように、呪いのように吐き出す線は、何故か途方もなくうつくしい。固く閉じた沙耶の心すら動かすほど。

画中のモノノケに顔を寄せて彩色する詩子さんは、汗を滲ませながら微笑んでいる。

やがて二本の腕と女面がパッと消え去り、彩色を終えた筆が弾みをつけて紙上から離れる。蒼白い月の光に浮かび上がった画中には、煩悶する二本の腕と涙する女の貌が描き取られていた。

「……モノノケじゃないわ」

ほろ苦く笑い、沙耶は頰を伝った涙を拭（ぬぐ）う。

「あそこに描かれているのはわたし。わたしよ」

鼻を鳴らした少女に応（こた）える代わりに、俺はポケットから折り畳んだハンカチを差し出す。

四

七月末。朝からうなぎのぼりに上がった気温は、九時の時点で三十度を超えた。

先週東京で開催されたアートオークションでは、万次郎氏のコレクションが予定価格を上回って次々落札された。ほかのコレクションの引き取り先も、ほぼ決まりつつある。春からの長い仕事を終えて、久重は早めの夏休みを取った。

出張や夏季休暇でひとがはけた執務室で、ひとり報告書を作っていると、受付から内線が入った。伊鶴沙耶がエントランスに来ているらしい。

憑きもの落としの晩以来、沙耶とは顔を合わせていなかった。いぶかしみながらエントランスに向かうと、サマードレスに赤のカーディガンを着た少女が優雅にソファに座っていた。こちらに気付いて、開いていた本から顔を上げる。

「あら、来たわね。ええと……」

「七森です」

「七森さん」

エナメルの赤いヒールを鳴らして立ち上がり、沙耶はエントランスを一瞥(いちべつ)する。

「ここ、久しぶりに来たけど、ぜんぜん変わってないわね。昔みたいに見学はできないの?」

「展示ギャラリーなら案内できますよ。今日は?」

「おじいさまのお墓参りのついでに、寄ったのよ」

尊大な態度を崩さず、沙耶が胸を張る。

立ち寄るのはかまわないが、アポくらいは入れてほしい。こっそり息を逃し、「お茶くらいならおごりますよ」と俺はファシリティ内のカフェテリアに沙耶を連れていく。俺はアイスコーヒーを、沙耶はレモンスカッシュを頼み、窓際の席に腰を落ち着ける。

髪をハーフアップにした沙耶は夏らしい健康的なメイクをしている。「体調は？」と尋ねると、「いいわよ」とさらりとした返事が戻った。

「おじいさまのコレクション、買い取り先が決まったみたいね」

「ええ。柳氏は日本美術のコレクターで、万次郎さんとも親交のあった方です。幡谷美術館は、江戸から近代にかけて粒ぞろいのコレクションを所蔵している。どちらもよいところに引き取られたと思いますよ」

「父もそう言っていた。ありがとう。まあ、あなた方のおかげなんでしょうから」

髪をいじりながら、沙耶はつまらなそうに言った。

それでも、わざわざ足を運ぶ程度には心に留めていてくれたのだろう。いいえ、と微笑み、俺は運ばれてきたアイスコーヒーに口をつける。

「『めんれいき』は沙耶さんが引き取ったと聞きましたが」

「おじいさまがわたしに残してくれた遺産で購入したの。変なシミも出なくなったみたいだしね」

「それは何よりです」

あくまで憑きものとは言わない沙耶に苦笑し、アイスコーヒーをコースターに戻す。一面ガラス張りになったカフェテリアからは、外の桜の樹が見渡せた。この時期は青々と葉を茂らせている桜並木を、沙耶もまた目を細めて眺める。

「焼き払え、などと極端なことを言ったのは、おとうさまに『めんれいき』を売り払わせないためですか」

頬に樹影が落ちた沙耶の横顔に、俺は尋ねた。

伊鶴ギャラリーではじめて会ったとき、一乗も言っていた。万次郎氏のコレクションを売り払うことを決めた伊鶴社長に、いちばん反対していたのは沙耶だと。

コレクションの件では折れても、「めんれいき」を手放すことだけはどうしても見過ごせなかったのだろう。祖父を慕っていた沙耶には、たぶんわかってしまったのだ。そうそうたるコレクションのうち、万次郎氏がもっとも心を傾けていたのは、月舟の「めんれいき」であったと。

ふふん、と沙耶は口端を上げた。

「さすがにおののいて、考え直すかと思ったの。あなたたちが伊鶴ギャラリーでコレクションの査定を始めていると聞いたときは焦ったわよ。おまけに妙な拝み屋まで呼んでいるし」

「それなら、おとうさまに直接、売却を考え直すよう頼めばよかったのでは？」

祖父が大事にしていた絵を手元に残しておきたいのだと訴えれば、伊鶴社長とて聞く耳を持ったはずだ。ふたりの親子関係が破綻(はたん)していたとは思えない。沙耶が倒れたとき、娘を案じて「めんれいき」の憑きもの落としを頼んできたのは伊鶴社長なのだから。

「嫌よ」

レモンスカッシュに挿したストローを回して、沙耶は鼻で笑った。

「だって、あの絵がわたしは嫌いなんだもの。おじいさまの心を最後までとらえて、ずるい。わたしが『めんれいき』を引き取ったのはね、いつでも好きに焼き払うためだから」

突き抜けているといえば突き抜けている沙耶のあまのじゃくぶりに俺は苦笑を返す。

口では何と言っても、沙耶が「めんれいき」を手放すことはないだろう。あの絵はたぶん、生涯彼女の手元に置かれるはずだ。

「あの子の『めんれいき』、あれはいくら払えば手に入るの？」

思い出した風に沙耶が訊いてきた。

詩子さんが描いたモノノケのことを言ったのだとわかって、俺は肩をすくめる。

「あれは憑きもの落としを終えると、焼き払ってしまうので。もうここにはないんです」

「ふうん、残念ね。……でもああいうものは、所有しないほうがいいのかもしれない」

目を瞑って、沙耶は口端を吊り上げた。

「囚（とら）われてしまうものね」

彼女が望むなら、詩子さんに取り次いでもかまわなかったが、どうやらその必要はないようだ。たわいのない世間話をしていると、「そういえば」と沙耶が鞄から分厚いオークションカタログを取り出した。

「ここに来る前、一乗さんにもらったのよ。月舟作品が出ているって聞いて」

オークションの名称に見覚えがあって記憶をたどり、以前、詩子さんが指導教官の付き添いで見学に行くと言っていたものだと思い出す。京都市内で毎年開催されている小規模なオークションで、開催日は今日だった。

「百鬼夜行の連作ですか？」

「ええ。確かNo.3の……」

折り目のつけられていたページを開くと、紙面の半分ほどを占める画像と作者名、タイトルが目に入る。ポケットに入れていた端末が震え出したのはそのときだった。沙耶に断りを入れて、端末を取る。

『あぁ七森さんですか？　今、五条のオークション会場に来ているんですけど、驚いたことが――』

詩子さんの声にかぶさるように、背後の喧騒が聞こえてくる。端末を反対の手に持ち直し、俺は声をひそめた。

「月舟シリーズNo.3『くろづか』ですね？」

受話口越しに詩子さんが微かに息をのむ。けれど、すぐに気を取り直して『そうです』とうなずいた。

『課外授業だとたかをくくって、見落としていました。「くろづか」、いくつかあとに入札が始まるみたいです。真贋はわかりませんが、購入者を覚えておいたほうがいいですよね？』

「作品はもう見ましたか？」

『いいえ、まだ。事前の下見会では展示されていたようですけど』

「俺も今から行きます。場所は五条でしたね」

状況を見守っていた沙耶に急用が入った旨を告げてカタログを借り、カフェテリアを出る。名札のついたストラップを外してファシリティの自動ドアをくぐると、灼熱の陽射しが目を焼いた。眩暈を起こしそうになって足を止め、まだ通話の続いている端末を引き寄せる。

「詩子さん。競りを中止に——……いえ、落札してください、『くろづか』を」

俺のむちゃくちゃな要求に、『七森さん？』とさすがの詩子さんも怪訝そうな声を返す。

『落札って、月舟の真作なら数百万はくだらないですよ？』

「金なら俺が払います。あれを世に出すわけにはいかない」

『何かあったんですか？』

「事情はあとで話します」

通話を切ると、大通りを走るタクシーを捕まえてオークション会場に向かう。熱を帯びた窓ガラスにこつりと額をあてた。知らぬ間に握り締めていたカタログを開く。

掲載された画像を一目見て、俺の「くろづか」だと直感した。

──月舟シリーズ、No.3「くろづか」。

……わからない。真贋がわからないように細心の注意を払って描いたから。もしかしたら、真作の、本物のほうの「くろづか」かもしれない。どうかそうであってくれ、と祈るような気持ちで目を瞑る。

会場の前に車をつけると、烏丸ファシリティの身分証を提示して、何とか飛び込みで中に入れてもらう。ホール外のホワイエでは、参加者が飲み物を片手に談笑していた。人ごみを縫うようにして、進行中のオークション会場に向かう。

さなかにひとりの男とすれちがった。

俺とは反対に、会場から出ようとしていたらしい。目が合うと、男の双眸(そうぼう)が半月形に細められる。俺を見て、確かに九十九は笑ったのだった。

カン！と叩かれるハンマーの音で俺は我に返った。

落札された作品が舞台から下げられ、次の出品作品が運ばれてくる。遠目に見えたそれは、月舟の百鬼夜行図とサイズの上でも同じだった。作品名が中央に表示され、オークショニアが口上を読み上げる。

「作品番号十八番。江戸末期に活躍した天才絵師・月舟の肉筆画──」

縛られた妊婦を喰らう、業火の鬼女。

立ち現れた鮮やかな一幅に、俺はホールの入り口に立ったまま息を止める。

「百鬼夜行図『くろづか』」

見間違えようがなかった。

これは俺の絵だ。俺が描いた「くろづか」だ。

待ってくれ、と呟いた気もするが、それは会場に届くことなく、オークショニアの一声でかき消される。会場の後方にいた詩子さんが俺に気付いて、「七森さん」と声をかけた。そばに駆け寄ってきて、案じるようにスーツの裾を引く。

「それでは、百万から参りましょう」

オークショニアのかけ声で、会場からいくつかの番号札が上がる。

熱烈な愛好家がいる月舟作品は、瞬く間に値が吊り上がっていく。

――やめろ。やめてくれ。

声なき声が俺の内側からせり上がる。

それを描いたのは月舟じゃない。

画家を志(こころざ)しながら、絵筆をどぶに投げ捨てた男の妄念(もうねん)の塊(かたまり)だ。結局、因果から抜け出せなかった男のなれの果てだ。それは月舟じゃない……。

「五百万！　ほかにいらっしゃいますか」

会場を見渡すオークショニアの声から逃れるように、俺は足元に目を落とす。

磨き抜かれた床に、已の薄い影が落ちていた。

影の向こうで、そぉら見たことか、と贋作師が笑う。

おまえは贋作師なんだ。

うわべだけ取り繕ったって、贋作師以外の何者にもなれないんだよ。

……そうだろう。なれない。なれなかった。

画家になりたかった、けれど、なれなかった。

挙句の果てに罪を犯した。滑稽にもほどがある。どんなにあがいて、あらがってみせても、結局俺は父や祖父、先祖である数多の贋作師たちと何も変わらなかったのだから。

あの日、もし間違えなければ、と何度も思った。

もし正しい道を選べる側になれていたら。何にも揺らがない矜持を持てていたなら。今同じ場所で、自分のオリジナルを見上げる未来もあったのだろうか。

俺は息を吐き出した。

詩子さんが持っていた入札をするときに使うパドルを手に取る。

「烏丸ファシリティの七森といいます」

金額ではなく、所属を伝えた俺に、オークショニアが不審そうな目を向けた。

「その作品は贋作です。よって、この競売の中止をお願いします」

「なっ——」

会場にどよめきが走る。オークショニアはもちろんのこと、パドルを上げて競りに参加していた客も唖然（あぜん）としている。

「作品の真贋について疑義をお持ちなら、のちほど……」

「いいえ、疑義ではありません。それは贋作です、まごうことなく」

予断を許さない俺の口調に、オークショニアは困惑した顔になる。

警備員が制止のために、こちらに向かっているのが見えた。スーツの裾を握り締めたまま、詩子さんが不安そうに俺を見つめている。

あぁ、こんなことになるなら、もっと早くに打ち明けておけばよかった。

鈍い後悔を飲み下し、俺は俯けていた顔を上げた。

「何故なら、その絵を描いたのはわたしだからです」

しんとあたりが静まり返る。

動揺と驚愕（きょうがく）の波は数秒遅れてやってきた。

「どういうことだ！」と詰問が飛び、「ふざけるな！」と怒号が上がる。

お客さま、と俺の前にたどりついた職員が退出を呼びかけた。舞台上ではオークショニアがいったん競りを止める指示を出している。さすがにこのまま競りが再開されることはないだろう。

パドルを置くと、俺は職員の指示に従う。警備員に脇を固められながら、何気なく会場を振り返り――、そこに迷子のような表情をしている詩子さんを見つけて、俺は目を伏せた。

美術研究所職員が起こした「贋作制作」の不祥事は、瞬く間に美術界に知れ渡った。しかも俺が所属する鑑定部門は、美術の真贋を見極める部署だ。すぐさまファシリティの出資者が緘口令を敷いたが、ひとの口に戸は立てられない。

贋作制作は、それそのものが罪に問われることはない。

芸術品の模倣は一般的に行われていることで、「模写」「模造品」として売られるのであればかまわないという考え方だ。問題は、贋作を真作と偽って売った場合で、これは詐欺罪に該当する。今回の俺の場合は、絵の売買に直接関わっていたわけではないので、詐欺罪にも当たらない。しかし、美術研究所の職員が贋作制作に関わっていたということ自体が倫理上問題であると追及する声も上がっている。

オークションのあった数日後、俺はひとり烏丸ファシリティの所長室に呼ばれていた。革張りのソファには所長だけでなく、和装の若い男――研究所の出資者である東堂が座している。まだ三十代に差し掛かったくらいだと記憶しているが、華族の末裔という家柄からか、東堂には独特の気品のようなものがある。

テーブルのうえに置かれた退職願を取って、東堂が肩をすくめた。

「三年前、君を拾ったのは僕の一存やったけど、派手にやらかしたなあ」

東堂と所長には、俺の父親や「くろづか」の贋作制作のことも雇われる前に話してあった。当時所長は反対したが、俺の出自や目を買ってファシリティに引き入れたのが東堂である。

「精緻(せいち)な贋作を作り上げるだけの観察眼と腕。生かしたら面白いことになるかと思っとったけど、これが君の答えか？」

「さすがにこれだけ騒ぎを起こしておいて、そのままにはできません」

「まあ、一度買い取りが成立したあとに、内々に待ったをかけることだってできたわけやしな。あそこで声を上げずにはいられなかったのは、君の誠実さかな？」

「そんなたいそうなものじゃありませんよ」

ただ、見過ごせなかっただけだ。

どうしても、あの場でそれができなかっただけだ。

俺の顔を見て、東堂は考え込むように顎を引いた。

「警察が捜査に乗り出しとる。君は九十九を法で裁くつもりかもしれへんけど、何しろ証拠がない。君と九十九の間で交わした契約書もなければ、君が九十九に『くろづか』を納めたいう証拠もない。苦労すると思うが」

「覚悟しています」

「……それが君の答えなんやな」

何故か愉快げに、東堂は手の中の退職願をもてあそぶ。

所長が不安そうになりゆきを見守っている。もともとは俺を雇うことに反対していた男だが、根が善良なのか、ここにきて本当に俺の身を案じているらしい。薄く笑んで、俺は頭を下げた。

「最底辺の生活から引き上げてくださったこと、感謝しています。あまり恩返しはできませんでしたが……。今までありがとうございました」

所長室を出ると、廊下の壁に背を預けるようにして久重が立っていた。

目礼して通り過ぎようとした俺に、「コレクションの引き渡しは済んだで」と声をかける。

「それはよかったです。伊鶴社長にもよろしくお伝えください」

「なあ、あんた。これからどないするつもりなん？」

直属の上司と部下の関係にあったため、久重とはファシリティ内でもよく行動をともにしていた。このひとが周囲を気にかけるなんてめずらしいなと思い、俺は肩をすくめる。

「できることをやるだけです。やれることはもう少ないかもしれませんが」

「……そ。ほいなら、気張りぃ。『底』に手ぇついてからが人生本番やで」

軽く肩を叩いて、久重がニッと口端を上げる。

それ以上の事情は聞いてこない。カツカツと足音を響かせてセクションに戻る久重の背に一礼し、俺もまた長い廊下を歩き出した。


ファシリティの荷物を引き上げて帰宅し、パソコンを立ち上げると、個人用のメアドに一件新着メールが入っていた。発信元は錺屋で、「九十九画廊について」という件名がついている。

以前依頼した九十九の身辺調査を続けてくれていたらしい。最近の取引情報にざっと目を通したあと、添付されていたファイルを開く。

九十九家の家系図のようだった。

樹形状の系譜を上にたどっていくと、見覚えのあるひとつの姓名を見つけた。

──円藤一(えんどうはじめ)。

江戸時代、京都を中心に活動した画商で、多数の絵師を抱えていたことで知られている。

そして月舟の百鬼夜行図のそもそもの依頼主であった。

あまりに精緻な妖怪画におののいた円藤は、百鬼夜行図の買い取りを拒んだため、完成後、絵は月舟の妻により安価で売り飛ばされてしまったが──九十九は円藤の子孫ということになる。九十九が百鬼夜行図に執着するのはこのことが関係しているのだろうか。

考えたすえ、俺は九十九の周辺をさらに探るよう錺屋に頼むことにして、あすの東京行の新幹線に予約を入れた。まずは九十九が拠点としていた画廊の跡地に行ってみようと思った。九十九と取引のあった顧客か贋作師を探し出せれば、そこから九十九を追及する糸口がつかめるかもしれない。

手続きを終え、俺は鞄に入れっぱなしにしていた端末を開いた。

不在着信が何件か入っている。そのうちひとりの名前をタップして、しばらくためらったのち通話ボタンを押した。コール音が数回鳴ったあと、相手が電話を取る。

『七森さん？』

「こんばんは。夜分遅くにすいません」

アパート内は電波が安定しない。俺は端末を持ったまま、ベランダに出た。鴨川のほとりにある俺のアパートからは、静まり返った夜の水面が見渡せる。熱帯夜が続いているせいで、外はじんわりと暑い。

「貴女には話をしなくてはと思って。今、時間はありますか？」

『あしたの朝食用の下ごしらえをしていたところです。あなたは？』

「片付けを済ませたところです。烏丸ファシリティをやめたので」

電話越しに細く息をのむ音がしたあと、そうですか、と表向きは平坦な声が返る。

「電話したのは、『くろづか』についてです。この間オークションで出品されていた……

貴女も見ましたね？」

　ベランダの手すりに背を預け、俺は空を仰ぐ。

　市街地の空はガスで煙っているせいで、あまり星は見えない。山間に行けば、またちがう星空が見えるのだろうが、この場所では街の灯りが闇をかき消してしまう。

　心を決めて、手元に視線を戻す。

　俺は「くろづか」にまつわるすべてを彼女に明かした。

　美大から足が遠のきがちだった二十歳そこその頃、父が借金を残して急死したこと。俺の前に九十九と名乗る男が現れ、「くろづか」の贋作制作を依頼したこと。浅はかだった俺が簡単に追い込まれてしまったこと。その後、美大を中退して、腐っていた俺を烏丸ファシリティの出資者が拾ってくれたこと。詩子さんの前から姿を消し、再会するまでの間に起きたことすべてを。

「俺が描いた『くろづか』の行方は長らく不明でしたが、先日オークションで五年ぶりの再会を果たした。そして今に至ります」

　時折相槌を打ちながら、詩子さんは黙って俺の話を聞いている。

　彼女は今、どんな顔をしているのだろう。俺の記憶は、オークション会場で迷子のような表情をする彼女を最後に止まってしまっている。

「……俺を軽蔑しますか」

『何故、そう思うんです』

「画家の魂を汚したから」

弱い苦笑がこぼれ、俺は目を伏せた。

「そしらぬ顔で貴女の前に帰ってきたから」

言葉を連ねながら、ああ、ちがう、と思う。

そうではない。そうではなく。

「貴女に嘘を吐き続けていたから」

押し当てた端末の向こうに、夜の静寂が広がっている。

彼女は本当に俺の話を聞いているのだろうかと少し不思議に思った。

しばらくして、七森さん、と詩子さんが呼びかける。

『ねえ、会いたいです。今』

「何故?」

『あなたの顔が見たい気分だからです。アパートにいるんですか?』

「もうすぐ日付が変わりますよ。いくら貴女でも、夜道のひとり歩きは無用心です」

『じゃあ、あなたがこちらに来ればよい』

「すいません、今日は無理です」

『七森さん』

受話口越しに囁かれる声は、細い糸のようだ。

そっと息を吐き出して、七森さん、と詩子さんはもう一度呼ぶ。

『ねえ、昔みたいにまた突然いなくなったりしないですよね……？』

詩子さんの声は少し震えている。たぶん縁側にひとり座って端末を握り締めているだろう彼女の背中を、俺はふいに引き寄せたくなった。彼女はこのくらいのことで涙を流すひとではないし、俺もこのくらいで衝動に溺れる人間ではなかったから、それはただの夢想に過ぎなかったが。

「そのうち、またお邪魔しますよ。貴女が扉を開けてくれるなら」

『七森さん。やっぱり今日——……』

「おやすみなさい、詩子さん」

相手の応答を待たずに通話終了ボタンを押す。

通話画面をスワイプさせ、俺は端末自体の電源を切った。東京に発つための荷物はすでにまとめてある。

最後に錺屋へのメールを送信すると、俺はパソコンの電源を落とした。

四　鬼女

一

二年半前、画廊を経営していたわたしの父が死んだ。

朝、寝起きざまに心筋梗塞を起こしてポックリ。

まだ五十前だというのに、あまりにあっけない死にざまだった。わたしはそのときはまだ高校生で、父の葬儀に、美術品の相続にと、わけもわからぬまま、嵐の中の小舟のごとく翻弄された。母はこういうときに頼りになるひとではなかったし、父を失った母の嘆きはあまりに深かった。それでも、父の画商仲間や知人が親身になって、若いわたしの面倒をみてくれたのは幸いだった。当時のわたしに、葬儀の手配や相続の手続きができたようには思えない。

ありがとうございます、と頭を下げたわたしに、夜半堂さんにはお世話になったから、と皆は一様に笑った。淫蕩で多情な母とは真逆で、父は慎ましやかで誠実なひとだった。

父から継いだ長屋に来訪者があったのは、父の納骨を済ませてひと月が経った頃だった。

控えめにガラス戸をノックする音に、最初わたしは反応しなかった。電気もつけず、ひとり憑かれたように画帖に鉛筆を走らせ続けていると、外からガラス戸が引かれる。鍵をかけ忘れていたことにはあとで気付いた。

「――……詩子さん？」

午後のけだるいしじまに微かに響く彼の声を聞いたとき、知らずわたしは立ち上がっていた。とたとたと裸足のまま、おぼつかない足取りで来訪者を探す。

彼は以前と変わらない姿で、冬のひかりに輪郭をふちどられながらそこに立っていた。

「七森さん」

懐かしい名前を口にしたとたん、それまで紗がかっていた視界が晴れるのを感じた。彼が何かを言う前に、わたしは糊のきいた白いシャツに手を伸ばした。幼子にかえったような泣き声が咽喉をついて出る。

父が死んでから忘れていた涙だ。

きっともう流すことはないと思っていた涙だった。

シャツを両手でつかんで泣き出したわたしを七森さんが引き寄せる。

交わす言葉はない。けれど、彼がただそこにいてくれるだけで、わたしがどれほど救われていたのか。七森さんはきっと知らない。

もしも神さまのめぐりあわせというものがあるのなら、わたしはその大事な一回をあのとき使ってしまったのだろうと思う。正気の淵をさ迷っていたわたしを、あのひとは引き戻してくれた。

わたしの、いちばん大事な一回はあのときに使いきってしまったから、たぶん二度はない。

晩夏のじりじりした陽射しが背にあたっている。

空調をかけた大学の制作室に、わたし以外の学生はいなかった。夏季休暇も中盤のこの時期は、バイトにサークル、旅行に帰省と学生はとかく忙しい。そういう予定がただのひとつも入っていないわたしは、白麻紙を張ったパネルとひとり向き合い続けていた。

春に描いた桜のスケッチをもとにした花尽くしの一枚である。

花房をふちどる線がうねる。すさぶ。乱れる。

次第に暴れ出す描線に翻弄され、わたしはうねうねと複雑怪奇な形の花を次々生み出す。息が上がっていた。これではない。これでは。

傾いた筆先から墨が一滴、紙に落ちる。じんわり滲む一点の黒に、凝り固まっていた視界が精彩を取り戻した。膝をついたわたしの前に広がる紙面は、まっさらなままだ。うねうねと好き勝手に動き回る花々は空想の産物で、実際のわたしは筆を握り締めたまま、一ミリたりとも手を動かしていない。

だめだ、と思って一度筆を置く。とたんに蟬の声がシャワーみたいに降り注いだ。

「時川さん、調子悪そうやね」

いつの間にか制作室に来ていたらしい三嶋さんが、パネルを出しながら声をかける。

「膠液（にかわえき）ある？」と尋（たず）ねた三嶋さんに、わたしは朝に作り溜めておいた容器を渡した。

三嶋さんは今日はビビッドオレンジのキャミソールを着ている。明るめの茶髪の毛先をゴムで結んでから、汗をかいたペットボトルのキャップをひねった。室内は飲食厳禁だが、この暑さなので大目に見ておく。

「何描いたはるん？」

「花尽くしです。でもたぶん描けない」

ぽろりとこぼれた弱音に、三嶋さんはアイラインでふちどった目を丸くした。めずらしいね、と呟（つぶや）く。

「時川さん、あまり悩まなそうやん。何かあったん？」

「失恋したんです。男に逃げられました」

真面目に言ったのに、冗談か何かだと思ったらしく三嶋さんは笑った。

ひんやりしたコンクリート打ちの床のうえに仰向（あおむ）けになり、かまわずわたしは続ける。誰でもいいから何かを愚痴（ぐち）りたい気分だった。

「いい加減、捕まえたと思っていたんですけどね。あのひとは結局、わたしのものにはならない。いつも」

「よくわからへんけど、時川さんって結構束縛するひとなの？」

「そうかもしれない。少なくとも、自分の目が届かないところに行かれるのは不快です」

「愛が深いなー。一度くらいあたしも言われてみたいわ」

「冗談を言っているわけじゃあないんですよ……」

自分でも理解しているが、わたしの愛情にはだいぶ偏り(かたよ)がある。

大半のことには興味を示さず、無関心だ。そのくせ、これだと思ったものにはずっと、いつまでも執着する。

七森さんは今頃どうしているのだろう。

オークションがあった数日後に連絡をもらって以来、彼の音信は途絶えたままだ。

「あっ、そういえば、時川さん。さっき浜野(はまの)先生のとこに烏丸(からすま)ファシリティのひとが来とったで」

膠液で絵具を溶いていた三嶋さんがふと思い出した風に言った。

浜野先生というのは日本画科の指導教官で、江戸から現代にかけての画材の研究者でもある。その知見を求めて、美術関係者がやってくることがこれまでもあったが、今日は何の用事だろう。首を傾(かし)げたわたしに、「月舟(つきふね)シリーズが見つかったんやて」と三嶋さんが言い添える。

「それ、シリーズの何番目ですか？」

「確か百番って言っていたような……。雲ケ畑(くもがはた)にある尼(あま)寺が所有していたものを偶然、浜野先生が見つけたんやて。それで、烏丸ファシリティのひとを呼んだって聞いた」

「わたしの失恋話の前に、まずその話をしてください」

床のうえから勢いよく身を起こす。

ひとつも進んでいない絵を壁に立てかけると、わたしはたすきがけの紐を解いた。三嶋さんとの会話は一方的に終了して制作室の扉を開ける。

「うたちゃん」

いつもとはちがう呼び方を三嶋さんはした。瞬きをしたわたしに、「今度飲も！」とお猪口を傾ける仕草をする。

「また日本画クラスの飲み会ですか？」

「ううん、サシで。嫌？」

「……考えておきます」

「もー、相変わらずつれへんなあ」

頬をふくらませた三嶋さんに首をすくめ、わたしは今度こそ制作室をあとにする。

——月舟シリーズNo.100「なもしらず」。

名も知らず、という変わったタイトルのその作品は、月舟の絶筆となった一枚だ。ほかの絵のように下図はなく、月舟が遺した画帖にはただ「なもしらず」のタイトルだけが綴られている。これでは絵の全容は推測しようもない。

浜野先生の研究室の前に立つと、「来客中」の札を無視して、わたしは扉を開いた。

古今東西の美術書が眼前に迫る勢いで積み上がった研究室。足の踏み場がない部屋の中央にかろうじて一組のソファがあり、白いあごひげを生やした浜野先生と、烏丸ファシリティの久重さんが向かい合って座っていた。息を切らしたわたしに気付いて、「うたちゃん」と久重さんが顔を上げる。

口をひらく前に、テーブル上のそれに視線が吸い寄せられていた。

一面、黒の絵。

モノノケらしきものはどこにも描かれておらず、ただ、墨を塗り重ねて生まれた真の闇というべき深淵が広がっている。背筋に悪寒にも似た震えが走った。これはたぶん直視してはいけないものだと本能が言う。

闇だ。

モノノケの生まれた闇を月舟は最後に描いたのだと。

「『なもしらず』……」

呟いたわたしに、久重さんがうなずく。

「月舟シリーズ百番目。絵を所有していた寺の墓地には、月舟シリーズの贋作師が眠っているらしいで。住持がそう仰ってたんですよね、浜野先生？」

突然飛び込んできたわたしに少し驚きながらも、「ええ」と浜野先生はふっさりしたあごひげを指で梳きながら言う。

「『なもしらず』はその贋作師が持っていたものやて、寺には伝わっていたそうです。その……何やらいわくつきの怪談話もあるそうで」

「怪談話？」

訊き返した久重さんに、浜野先生は苦笑する。

「絵を見た者が時折消えるいうんですよ。神隠しとでもいえばよいのか……。尼さんの話では、先代の住持の姪っ子も消えたそうです。ある日、人形を持ったままフッツリ。まあ、からかわれたのかもしれませんが」

モノノケが見えないわたしには、この絵に何が憑いているのか、七森さんのように見極めることはできない。白日の下であっても異様な夜気をまとった絵は、沈黙したまま、重たくそこにたたずんでいた。

二

いつもの電車に乗り換え、いつもの駅で降り、行きがけの花屋で赤いカトレアの花を買った。陽炎の揺らめく道の先に立つ病院は、熱気のせいか、いびつに歪んで見える。頭痛がしてきてこめかみを揉み、わたしは日傘をたたむ。

お昼どきを過ぎたナースステーションは、いつもより閑散としていた。面会用の名簿に名前を書いていると、わたしに気付いた事務員が声をかける。

「めずらしいですね。今日はおひとりなんですか？」

ええ、と曖昧にうなずき、わたしは入館証のストラップを首にかける。

時川璃子の病室は、前に来たときと何ひとつ変わらず存在していた。

レースのカーテンがかかる窓辺に立てられたイーゼルと白いキャンバス。使われた形跡のない筆とパレット。新品のまま、封を切られることのないアクリル絵具。

母はちょうどスタッフに付き添われて入浴中らしい。彼女とすぐに顔を合わせずに済んだことに内心ほっとしながら、わたしは鞄を置き、花束のセロファンを剥がした。

ひと月前に持ってきた花は職員によって処分されたあとらしい。空になっていた花瓶にまた水を注ぎ、カトレアの花を生ける。

「あら、詩子やない」

童女のように華やいだ声が背後で弾んだ。職員の押す車椅子に乗った璃子は、乾きたての髪を耳にかけて、わたしの横を眇め見る。

「叶くんは？　今日はおらんの？」

たいていのことはきれいさっぱり忘れるのに、そんなことだけ記憶している母に内心苦さがこみ上げる。花瓶を窓辺に飾りながら、「今日はわたしひとりです」と平静を装って答えた。

ベッドに腰を下ろした璃子に、檸檬(れもん)色のカーディガンを差し出す。まるで執事にかしずかれる令嬢か何かのように、璃子は平然とカーディガンを受け取った。察した職員が璃子とわたしをふたりきりにして部屋を去る。

「ふうん。あんた、叶くんに捨てられたん？」

癖のついた髪に指を絡めながら、璃子がわたしに尋ねる。

無邪気な顔をして、ひとの急所を刺す。母にはそういう嗜虐(しぎゃく)的な性癖があった。天性の魔女である璃子がどこまで計算ずくなのか、あるいは何も考えずにただ思いついたことを言っているだけなのかは、わたしにもわからなかったけれど。

「そうかもしれませんね。年増の魔女と面倒な幼馴染(おさなじ)みにウンザリしたのかも」

「ふふ。言うようになったやないの、詩子」

今日はわたしの悪口を楽しむ余裕があるようで、璃子はにやにやと笑った。それきり途切れた会話を埋めるように、わたしは剝がしたセロファンをゴミ箱に捨てたり、母の私物を片付けたりする。七森さんがいなくなると、わたしと母はまともに言葉を交わすことすらできなくなるのだ。

「ねえ、うた」

掃除にいそしむわたしを、背後から璃子が抱きしめる。うた、というのは父が好んでしたわたしの呼び方だ。ぞっとして息を詰めたわたしに、さらに璃子の腕が絡みついた。

「さみしいよぉ……いつになったら東さんに会えるん？」

かつては外でさんざん愛人を作って放蕩の限りを尽くしたくせに、父が死んだとたん、母は萎れた花のように心を閉ざして己の人生を放棄した。あれほど旺盛だった創作欲も急にしぼんでしまった。

そのうち、父はまだ生きているという妄念を母は抱くようになった。

さみしい。さみしい、さみしいよぉ……。

背中から伝わる母の声に、わたしは悲鳴を上げたくなって目を瞑る。認めたくはないが、母とわたしはひどく似ていた。結局ひとりの男しか愛せない、そういう女としてのどうしようもなさが。

多情な母が、何故よそで次々愛人を作ったのか、わたしには少しわかる気がした。ありあまる愛欲で、最愛の男を殺さないためだ。

「……さみしいですよ、わたしも」

未だ空白のままのキャンバスを眺め、わたしはぽそりと呟く。

職員によれば、今日の母はこれでも比較的体調が安定しているらしい。院内の散歩を勧められ、母が乗った車椅子を押してしぶしぶ外に出る。母は自力で歩行ができたはずだが、こういうときは嬉々としてわたしに甘えてくる。

京都市内でも山間部に近いこの場所には、初秋の気配が薫る風が吹き渡っていた。青々とした山間を一羽のトンビがさっと横切る。

「ええ風やなあ」

檸檬色のカーディガンを肩にかけた母は、心地よさげに目を細めた。つい先ほどまで妄執的に乞うていた父のことは、また頭の隅に追いやられたらしい。

「うた。きのうトンビを描いたで」

幻の絵の話を璃子はした。

「高く飛んでなあ……お天道さんに近づくと翼が溶けて、くるくる落下しよる。くるくるくる……。叶くんにも東さんにも見せたいわあ。よく描けたんや」

「ねえ、おかあさん」

痩せた肩からずり落ちたカーディガンを引き上げて、わたしは母に呼びかける。璃子の正気が舞い戻ってくることに一縷の望みをかけながら。

「月舟シリーズの『なもしらず』について、おかあさんは何か知っていますか？」

なもしらず、と繰り返して、璃子があどけなく瞬きをする。

「雲ケ畑にある尼寺で保管されていたそうなんです。その寺には、月舟シリーズの贋作師の墓もあるんだとか。絵についておばあさまから何か聞いたことはありませんか？」

美大から帰宅したあと、月舟の画帖を調べたが、璃子の代に「なもしらず」の憑きもの落としがなされた形跡はなかった。あの黒い絵にはいったいどんなモノノケが封じられているのだろう。あるいは、ろくろ首と同じようにすでに画中から抜け出たあとで、今あるものはもぬけの殻(から)に過ぎないのか。「ひとが消える」という怪談話は本当なのか——。

母ならば、何か知っているかもしれないと考えたのだが、案の定反応は乏しかった。

「そないな絵、わたしは知らん」

「では、贋作師については?」

「知らんて言うたやろ」

ふるふると首を振るばかりで、母は聞く耳を持たない。

思うような意思疎通が取れないことにわたしは歯嚙(が)みする。七森さんなら、己の手のうえでうまく母を転がすだろうに、わたしはそういったことが得意ではない。

「ねえ、おかあさん」

「知らんってばぁ!」

車椅子のうえで手足をばたつかせ、璃子は喚(わめ)いた。

突き飛ばされたはずみによろめいて、わたしは植え込みに尻もちをつく。小さく呻(うめ)いたわたしを、璃子はおびえるように見た。急に母親じみた顔に戻って、うた、うた、とわたしを引き起こそうとする。

瘦せ細った母の手は、血管が浮き出て蒼(あお)白い。記憶にある、アクリル絵具が染み込んだ手はどこにもなかった。璃子は目に涙を溜めて、引き寄せたわたしに頰擦りする。

「うたまでどこか行くかと思うやん。怖がらせんといて」

「行きませんよ、どこにも」

　白いものが交じり始めた母の頭から目をそらし、わたしは呟いた。やはりだめか、と諦めにも似た気持ちが広がっていく。璃子から「なもしらず」の手がかりをひとつくらいは引き出せるかと思ったのだが、この様子では難しそうだ。

　急に冷たくなった風が吹きつけ、璃子が小さくくしゃみをした。

　カーディガンのボタンを留めていると、「時川さん」と施設の職員が玄関から声をかける。そろそろ病室に戻る時間のようだ。

「また会いに来てくれはる？」

　一瞬、もうここには来ないと言ったら、璃子はどんな顔をするだろうと夢想する。小さい頃、わたしがどんなに袖を引いても、璃子はよその男を求めて家を出ていった。同じことを今してやったら、璃子は絶望するだろうか。

　たちの悪い想像を一笑のうちに押し込め、わたしはいつものように顎を引いた。

「カトレアの花が枯れる頃になったら、また」

　白さばかりが目を惹く母の手を両手で包んでから、膝のうえに戻す。

　結局、この母を捨てることがわたしにはできない。たぶん、ずっと。

　母と別れたあと、病院の自動ドアの前で日傘を取り出していると、「時川さん！」と先ほど母を預けた職員が手を振って追いかけてきた。振り向いたわたしに小さな紙片を差し出す。

「これ。璃子さんが時川さんにって」

「母が……ですか？」

眉をひそめて折りたたまれた紙片を開く。

ノートを千切った切れ端には、思ったよりもずっと端正な母の字で「月舟と交わりし鬼の知る」と書かれていた。

——秘密やで、うた。

魔女の悪戯(いたずら)めいた囁(ささや)き声が聞こえた気がして、わたしは苦笑する。

気まぐれだろうか、あるいはいつもの空言に過ぎないのかもしれない。母の真意はわからなかったが、何故かわたしにはそれが先代たる母からの最後の言伝(ことづて)のように思えた。


目を覚ますと、外でヒグラシが鳴いていた。

畳のうえで横になっているうちに、そのまま寝入っていたらしい。おなかにはタオルケットがかけてあり、半分開いた障子戸(しょうじ)に背を預けるようにして、よく日に焼けた精悍(せいかん)な男がモナカアイスをかじっていた。

少し呆(あき)れた顔になって半身を起こし、「錺屋(かざりや)さん」とわたしはオカルト雑誌をパラパラとめくっている男に呼びかける。

「来るときはインターホンくらい押してくださいよ。あと、よその家の冷凍庫を勝手に開けない」

「うたちゃんがよう眠ったはるから、そのままにしてあげてたんやんか。あといちおう声はかけたでー」

　昔からどこかすっとぼけたところのあるこの男は、「食う？」と半分に割ったモナカアイスをわたしのほうへ差し出す。いいです、と首を振り、わたしは少し乱れた衿元を直す。

　そういえば、タオルケットをおなかにかけた記憶はないから、錺屋さんが持ってきてくれたのだろうか。冷蔵庫から麦茶を取り出したわたしは、タイミングを逃してしまったお礼の気持ちもこめて、錺屋さんの前にもコップを置いた。

「おおきに。気が利くねえ」

「今日は何かありました？　それとも、単に寄ったほう？」

「寄っただけ。七森が急にいなくのうなって、うたちゃんおかしゅうなってへんかなって」

「おかしくなってますか、わたし」

「まあ、思ったよりはマシやない？」

　茶化すような口調で言って、錺屋さんはがぶりと麦茶を飲んだ。

おなかにかけられたタオルケットを見たとき、はじめは七森さんが帰ってきたのかと思った。一本の電話を最後に、あのひとがわたしの前から姿を消して、ふた月近くが経つ。

あの晩、タクシーを呼んですぐに駆けつけたのに、彼はアパートを去ったあとだった。後日、大家さんに尋ねると、しばらく留守にする旨を告げられたのだという。烏丸ファシリティにも彼の籍はなく、七森叶という人間はわたしの前から再び姿を消した。

「七森さんはどこに行ったのでしょうか」

「先に言っておくけど、俺は聞いてへんで。腹探ってもなんも出てこぉへん」

七森さんが唯一、行き先を明かしているとしたら、昔馴染みのこのひとをおいてほかにいない。当てが外れたことを悟って、そうですか、とわたしは目を伏せた。

いつもはドーサ引きの和紙やスモックが干してある庭は、盛りを過ぎた昼顔がぽつぽつと咲いているばかりでものさみしい。濡れ縁に並んで座るわたしたちの間に乾いた風が吹いて、軒に吊るした南部鉄器の風鈴を鳴らした。

「何でなんでしょうねえ……」

麦茶のコップを膝のうえで抱え、わたしは呟く。

七森さんがいなくなったのは、昔彼が描いたのだという月舟の贋作に端を発していることは明らかだ。

妊婦を喰らう安達ヶ原の鬼女伝説をもとにした「くろづか」。それを描いたのは彼だということ、彼の死んだ父親や九十九にまつわる過去を、わたしはあの晩、直接七森さんの口から聞いた。他人からの伝聞という形を取らなかったのは、彼の唯一の誠意のように思えた。

「あのひと、今にも泣き出しそうな声をしてました」

ポツリとこぼしたわたしに、「最後の電話か？」と錺屋さんが訊く。

「うたちゃんに知られるのが怖かったんちゃう？」

「何故？」

「そりゃあ……野暮なこと聞かんといてや。女の前では、やっぱり見栄とかいろいろあるやろ」

そういう見栄だのなんだのにまるでこだわりがなさそうな男は、他人事のように言った。言葉を探して、わたしは手の中のコップを無為に回す。汗をかいたグラスの表面に透明な線がするすると引かれていく。

「わたしね、後悔しているんです。前にあのひとに逃げられたとき、次はもうないって思いました。あの頃のわたしはまだ中学生で、外の世界に出ていく幼馴染みのおにいさんを引き留める力なんてありません。だから一度は我慢する。けれど、あのひとは帰ってきた。二度目はないと決めていたのに、また逃がしてしまいました」

父が急逝したあと、高校生だったわたしの前に、七森さんは帰ってきた。とたとたとおぼつかない足取りで彼のシャツをつかんだとき、わたしはこのひとをもう絶対に逃がさないと決めた。だから、言った。

――わたしにあなたの「目」をください、と。

わたしは憑きもの落としのために七森さんを必要としたのではない。

七森さんを手に入れて縛りつけるために、憑きもの落としを始めたのだ。

人助けのためでも、まして先祖の罪滅ぼしのためでもないし、モノノケたちのことは慕わしく思っているけれど、いちばんの理由はそれじゃない。あのひとが欲しかったから。あのひとをもう絶対逃がしたくなかったから。私利私欲にまみれた、これがわたしの動機だ。

「あんたは人間のくせに、だいぶ人間らしくないものの考え方をするなあ」

「おかしいですか」

「いいや、かわええよ。ほんまかわええ。胸キュンしてまうわぁ」

「あなたのかわいいの使い方は変ですから」

苦笑気味に息を吐き、わたしは空になったコップを置いた。「錺屋さん」とモナカアイスの最後のひとかけらを食べる男の袖を引く。

「今日、暇ですか」

「なんや血走った目ぇして」

「ごはんに付き合ってください。実はきのうから何も食べてないんです」

ちゃぶ台のうえに放置されていた新聞には、広告やチラシも混ざっている。その中から焼肉のクーポン券を引っ張り出すと、「おごりますよ」とわたしは微笑んだ。


カルビ、タン塩、ロース、ホルモン、ハラミ。

ふたりでは到底食べきれない量の皿が並んだテーブルを見渡して、「やっぱり訂正やわ」と錺屋さんが呟いた。

「うたちゃん、だいぶおかしくなっとる。具体的に言えば胃が」

「何をおっしゃるんですか。わたしが食べきれないぶんはあなたが食べるんですよ」

まずは塩カルビを熱した網のうえに置いて、わたしは胸を張る。

うげえ、と呻き、錺屋さんはメロンソーダにストローを挿す。スイーツに関しては無限の胃袋を持つ彼だが、焼肉は範疇外らしい。ほどよく焼けた肉を「どうぞ」と皿にのせると、もそもそ食べ始めた。

午後六時。帰宅ラッシュにかかるこの時間、窓の外では学生やサラリーマンが足早に行き交っている。ひとごみの中から見知った青年の姿を無意識に探そうとしかけ、わたしは手元に目を戻した。

「言っておきますが、わたしも七森さんがいなくなってから、無為に日々を過ごしていたわけじゃありません」

ホルモンを熱した網にのせながら、わたしは切り出す。

九十九肇。神出鬼没の男の足跡をたどるのは、不可能に思えたが、意外にも情報は伊鶴ギャラリーの沙耶からもたらされた。七森さんのことを案じた沙耶が自らわたしに連絡を取ってきたのだ。

九十九画廊は十数年前まで、京都に拠点を構えていたらしい。伊鶴ギャラリーとの関わりは「くろづか」の一度きりだったが、知り合いの画商が九十九の先代と何度か仕事をしたことがあったのだという。その中で先代の九十九がこぼしたという話は、わたしの興味を引いた。

「円藤という画商の末裔だそうですね、九十九さんは」

お代わりをしたメロンソーダを飲んでいた錺屋さんが、おや、と言いたげな顔をした。箸を置き、わたしはテーブルのうえに組んだ手をのせる。

脳裏に璃子が綴った端正な文字が蘇った。

いわく、月舟と交わりし鬼の知る。

「そろそろわたしにも教えてもらえませんか。月舟と贋作師の百五十年前の因縁を。あなたはそれを知っている。そうでしょう、酒呑童子？」

酒呑童子――平安時代に都を荒らし、源頼光に退治されたといわれる悪鬼である。ただしそれは伝説上の話で、時代とともに名を変え、姿を変え、鬼は浮世をさまよい続けた。月舟と交歓したという鬼もまた彼である。錺屋圭介。B級オカルト誌の記者、それが現代の彼の姿だ。

わたしと七森さんは幼い頃から、放浪癖のあるスイーツ好きのこの鬼と親しく交わって育った。出会ったときには彼はすでに青年の姿をしており、十年以上経った今も外見は変わらない。彼がひとならざる存在であるということを、わたしと七森さんは自然に理解していった。彼がわたしたちに構うのは百五十年前の縁ゆえということも。

「まったくやんなるなあ」

首を鳴らしながら、錺屋さんは呟いた。

「七森もうたちゃんも同じこと言うてはる。ほんま似とるなあ、あんたら」

「七森さんも同じことを聞いたんですか？」

「円藤の話をしたときにな。けど、俺が覚えてることなんて、もうほとんどないで。ここんとこ、ボケが進んどるしなー」

八重歯を見せて笑い、錺屋さんは空にしたメロンソーダをテーブルに置いた。

「それでも、あんたが昔話に付き合うてくれはるっていうなら、ええで。今日はたらふく食わせてもらったから、御礼で」

少し歩かんか、と言って錺屋さんが席を立ったので、わたしは伝票を取った。最初からおごりと言っていたし、錺屋さんから昔話を聞き出すために連れ出した焼肉である。

会計を済ませて店の外に出ると、あたりはすっかり夜に様変わりしていた。ジーパンのポケットに手を入れた錺屋さんが「ごちそうさん」と屈託なく礼を言う。

行き先も告げずに歩き出した錺屋さんを、わたしはカラコロと下駄を鳴らして追いかける。

Tシャツにジーパンというラフな服装の彼と、たたんだ日傘に和装姿のわたしの組み合わせはちぐはぐで、自然と周囲の目を引いた。錺屋さんの彫りの深い横顔をわたしは仰ぐ。服装や髪形はその都度ころころ変わったが、出会った頃から彼の面立ちには少しの変化もない。

『うた、父さんの友だちや』

わたしに彼を引き合わせてくれたのは、画廊を経営していた父だ。記憶の中の彼はやっぱりTシャツにジーパン姿で、幼いわたしの顔を見ると、めんこいなあ、と八重歯を見せて笑った。

「わたしの母や祖母も、あなたは見てきたんですか、錺屋さん」

「そない暇やないわ。気に入った奴のところにしか行かへんし、俺」

「気に入ったひと？」

「最近ならうたちゃんとか七森とか……あとは東ちゃんとかな」

　後ろで組んだ腕に頭をのせて、錺屋さんは特に気負った風もなく答える。

　確かにそのほうがこのひとらしいと思った。年に数度、ふらりと立ち寄っては菓子をねだっていなくなる。錺屋さんはそういえば、わたしの母や七森さんの父とは付き合いがなかった。鬼のくせに、淫蕩な女や甲斐性のない男には興味がないらしい。

「誘っても、すぐには、なびかなそうな人間が好きなんや」

　かつて都の姫君を次々さらって食べたといわれる鬼は、くくっと笑った。

　テールランプをつけた車が行き交う喧噪を通り過ぎると、微かに水の流れる音が聞こえてくる。遠目に、川に架かった三条大橋が見えてきて、わたしは目を細めた。

「月舟がポンと身を投げた橋ですね」

　享年三十。その死は他殺とも事故ともいわれ、今をもって定かではない。わたしは月舟の死について、錺屋さんに問いただしたことはなかった。幼い頃から友人として親しんで育ったため、聞きそびれてしまったというのもあるし、何より彼と築いた緩やかな関係を壊してしまうのが嫌だったのだ。

　けれど、今日はそれを聞くことができる日なのだと思った。

　橋上から、わたしたちは眼下に流れる鴨川を並んで眺める。かつて木造だった橋はコンクリートでかけ直され、広い橋上を途切れることなく車が走っている。両岸の店の灯りが暗い水面に落ちて、あの世をさまよう人魂みたいだった。

「月舟は何故死んだのですか」

　尋ねたわたしに、錺屋さんは少し首を傾けた。

「死んだんやないで、うたちゃん」

「というと？」

「あいつは魔に魅入られた男や。九十九枚ぶんの魔を見つめ続けて、しまいには自分も魔にならはった。――月舟シリーズ、No.100『なもしらず』。最後の一枚に描かれているのは、魔にならはった月舟自身や」

　先日、京都市内の尼寺から見つかったという月舟の絶筆「なもしらず」。ただ暗闇だけが描かれた空恐ろしい絵のことをわたしは思い出す。

「月舟はもともと、円藤に乞われて、百鬼夜行図に取り掛かった。そしてその制作の過程で魔に魅入られた。俺があいつと出会ったのもその頃や。月舟はほっかむり一枚をかぶって夜な夜な都をさまよっとった。月夜の晩、徳利（とっくり）をぶらさげた俺とあいつはこの鴨川のほとりで出会った」

　――よう、人間。

　――よう、鬼。

　河原で出会ったふたりはすぐに意気投合して、酒を片手に一晩語り明かしたのだという。

「あいつは、ほんにおもろい男やった。四六時中、絵筆ばかり握っとって、しかも描くのはひとの死体やら鳥の死骸やら、顔をしかめたくなるもんばっかりや。絵師は、普通花鳥や美女を描くもんやと思っとったけど……。それでも、あいつの描くもんが俺は結構、好きやった」

都の郊外にある長屋で制作に打ち込む月舟を、鬼は冷やかし半分によく訪ねたらしい。月舟に妻子はいたが、酔狂ぶりに嫌気が差したか、ずいぶん前に長屋を出ていっていた。

「暗闇の中、ひとり魔を見つめ過ぎたからやろ。月舟の筆は次第に魔性を帯び、その筆に誘われて異界からおびき寄せられたモノノケたちを画中に封じ込めるに至った。百物語なんかで聞くやろ？　九十九の魔を呼び出すと、新たな一体の魔が生まれるって。完成させた九十九枚の妖怪画を円藤に渡した月舟は、最後の一枚を描くと、この三条大橋からポンと身を投げて消えた」

——ちょいとあちらの世で遊んでくるわ。

長い髪を風に遊ばせながら橋の欄干に立った月舟は、追いすがる弟子を見下ろして呵々と笑ったのだという。

「つまり、月舟の死は自殺……」

「当世風に言うなら、そうやな。俺に言わせれば、あれは鬼になったいうんが正しいけど」

百五十年前、この場所からポンと身を投げた妖怪絵師に、わたしはつかの間思いをめぐらす。同じ場所に、のちに同一の連作を描く弟子――贋作師もいた。魔に魅入られた師を前に、彼は何を想ったのだろう。

「以前から気になってはいたのです。お弟子さんは、何故月舟の百枚連作を真似たのでしょう。あれほどの技と情熱を持ちながら」

「アレはな……まあなんちゅうか、恋に狂った女や。鬼に転じてしまった月舟に会いたくてたまらへんかったんやろなあ」

「女」

思わぬ言葉に、わたしは眉をひそめる。

「女性だったんですか、贋作師は」

「そうや?」

知らなかったのか、とでも言いたげな顔で、錺屋さんはうなずく。

「妻子が出ていったあと、月舟が河原で拾った捨て子がすずや。墨のにおいと紙と絵具に囲まれて育った子でな。そのうち、月舟を真似て絵を描くようになった。月舟が三条大橋から身投げしたあと、すずは恋しさのあまり、自分も鬼になる言うて、同様の百枚連作を描いた」

「……彼女も、鬼になったのですか」

「いや。すずは『狂えん』かった。九十九枚まで完成させたあと、絶望してこの地を去っていったよ」

贋作師の連作を眺めるとき、画中からは月舟に対する鬼気迫る執着と情が垣間見えた。何故彼女が月舟とまったく同じモチーフの連作を月舟の名で描いたのか。

橋上にひとり残され、途方に暮れる少女の姿がよぎった。

「七森さんはこのことを知っていたんですか？」

「あぁ。ただ、興味はなさそうやったな。所詮は過去の話やし、あいつからしたら、親父や自分が手を染めた贋作制作がチャラになるわけやないし——みたいな感じやないの？知らんけど」

そうですか、と呟き、わたしは橋の欄干に腕をのせた。

ひとの世に長く関わり続けた鬼は、時折妙に人間臭いことを言う。

「すずさんはそのあと？」

「さあなー。ただ月舟の絵は、気持ち悪い言うて円藤から妻子に返された。彼女らもだいぶ困窮していたらしいで。二束三文で買い叩かれて、連作は散り散りに。そして今に至るちゅうわけや」

「すべてではないでしょう。『なもしらず』だけはひっそり尼寺で眠っていた」

「あれはすずが持ち去ったんや。あいつが尼なんて似合わへんけどなあ」

皮肉げに笑い、錺屋さんは大きく伸びをした。

――月舟の死後、数十年。

彼の描いた絵が持ち主をたぶらかすという噂が、ご維新後の都でまことしやかに囁かれるようになる。事態を案じた月舟の孫娘は、持ち込まれた妖怪画の「憑きもの落とし」を始めた。そのときに練り上げられた技が今わたしに伝えられているものである。

魔に魅入られた月舟、月舟に恋した贋作師の少女、制作を依頼しながら恐れをなして手放した円藤、絵を売り払った月舟の妻子……。移ろう人間模様のすべてを見ていた鬼は、今はあくびをしながら夜の街を眺めている。

「月舟にまつわるあれこれはわかりました。ただ、九十九さんの思惑は今の話からは推測できませんね」

「あぁ円藤の末裔な」

「一度は先祖が手放した絵に何故執着するのか。あるいは、だからこそ執着が募るのか……。彼が月舟の百鬼夜行図を蒐集しているらしいのは確かなのですが」

考えながら、わたしは抽斗にしまったままの破れた名刺を思い出す。

あの連絡先はまだ有効だろうか。七森さんとの約束は破ることになるけれど、あのひとだってわたしを置いて勝手にいなくなったのだからおあいこだ。

わたしの考えていることに察しがついたのか、「無茶はやめとき」と錺屋さんが諭すように言った。

「俺はええけど、七森の胃に穴があくで」

「それはお互いさまというやつですよ。わたしだってあのひとを案じているのだから」

話しながら、わたしは自分よりはるかに上背のある男を見上げた。日に焼けた腕に触れて、ありがとうございます、と微笑む。

「お話をしてくれて。贋作師の横顔が少し見えた気がします」

「かまわへんよ。月がきれいな晩やし、ちょっと昔話がしたくなっただけ」

「また遊びに来てくださいね。次は冷凍庫にハーゲンダッツを入れておきます」

すべてを語り終えた銹屋さんも、七森さんのようにどこかへいなくなってしまう気がして、わたしは先に約束を取りつける。モナカアイスだと釣るには心もとないので、ハーゲンダッツに格上げしておいた。

眦(まなじり)を緩め、銹屋さんはわたしの髪をくしゃくしゃと両手でかき回す。

「かわいいなあ、うたちゃん。そうかわいいと、鬼に喰われてまうで」

「食べないですよ。あなたは七森さんとの友情のほうを大事にしているから」

「ふふ。胸キュンやわ」

最後に大きくかき回すと、銹屋さんはポケットから取り出したライターをわたしの手にのせた。青いケースに入った、一見すると何の変哲もないライターだ。目を瞬(またた)かせたわたしに、「御守りや」と片目を瞑(つむ)る。

「うたちゃんが迷子にならへんように。ほいなら、またな」

手を振った錺屋さんに、「ええ、また」と返し、わたしは橋を渡っていく男を見送る。

彼の背が雑踏に消えたところで、鞄に入れていた端末が振動した。タップしてメッセージを確かめると、日本画科のクラスメートからだ。眉をひそめ、わたしは歩き出そうとした足を止める。

三嶋さんと連絡が取れなくなった、という。

浜野研究室に保管されていた「なもしらず」の前には、彼女の端末が落ちていたとか。

空に懸かる爪痕（あと）みたいな月を眺め、わたしは嘆息した。

「……ひとが消える絵、ですか」

三

端末ひとつを残して消息を絶った三嶋さんを心配し、ご両親は警察に捜索願を出した。ただ、現場の状況から事件に巻き込まれた可能性は低く、突発的な家出も視野に入れて捜査が進められているそうだ。

クラスメートからの状況報告に返事を打つと、わたしは端末をちゃぶ台に置いた。来客用の茶器にほうじ茶を注いで、玄関と居間を仕切るガラス戸を引く。

我が家の玄関にあたるスペースは、かつて父が営んだ画廊「夜半堂」のギャラリーだった。昼でも青みを帯びた土壁には「夜祭」と題された銅版画の連作が掛けられている。母である璃子の作品で、己の身体をモチーフに官能と欲を追求した彼女の作風にしてはめずらしく、闇に咲いた花火を淡々と描いた連作である。

「神隠しがあったそうですね。市内の美大で」

モノクロで表現された精緻な花火を眺めていた来客——九十九がわたしに気付いて振り返る。意味深な口ぶりに苦笑し、「いなくなったのは、わたしのクラスメートですよ」と肩をすくめた。

「事件と家出の両方から捜査がされているようですけれど」

「『なもしらず』の仕業ですか」

どこから聞きつけたのか、やけに確信的に言う男に、「どうでしょう」とわたしは微笑んだ。「夜祭」のそばに置かれた木製の椅子に九十九が腰掛ける。木彫りの椅子と円卓は、夜半堂を開いた頃からあったもので、今は来客用に使われていた。

茶請けの干菓子を九十九の前に置き、自分も対面に座る。晩夏にもかかわらず、九十九は黒のスーツでかっちり身を固めており、汗ひとつかいていない。顔色が悪かったが、体調というよりはもとからのようだ。

「今日はわざわざご足労いただき、ありがとうございます」

頭を下げたわたしに、「いえいえ」と九十九が首を振る。

「光栄です、時川さん。依頼を引き受けてくださるなんて」

「まだ受けると決めたわけでは。一度詳しいお話をうかがえたらと思いまして」

「それだけでも十分ですよ」

機嫌よくうなずいて、九十九はほうじ茶を啜った。

抽斗にしまっていた名刺を頼りに九十九に連絡を取ったのが数日前。

――妖怪画の制作依頼の件で、詳しく話を聞かせてほしい。

そう持ちかけると、九十九はおおいに喜び、直に話をさせてほしいと言ってきた。わたしと話す九十九は礼儀正しく、かつて半ば恫喝まがいの方法で七森さんに贋作制作をさせたようには思えない。

「妖怪画の制作を、と仰っていましたね」

九十九が提示した依頼には、単なる絵の買い取りだけでなく、新作の制作が含まれていた。念のため確認したわたしに、九十九が説明する。

「尺五幅の作品をお願いできないかと考えています」

「月舟シリーズとほぼ同サイズですね」

九十九はわたしにもまた、新作と称して月舟シリーズの贋作制作を依頼する気なのだろうか。注意深くうかがっていると、「仰るとおり、かのシリーズを意識しています」と九十九は首肯した。

「時川さんは私が月舟シリーズの蒐集をしているのはご存じですか？」

「そう……なんですか？」

　知らぬふりをして首を傾げたわたしに、九十九は顎を引いた。

「月舟の絵は一般の知名度こそまだ低いですが、いたく——……惹きつけられる。彼の描いた百枚連作が一部の層に非常に人気が高いのもうなずけます。時川さんには説明するまでもない話ですが」

　九十九はおそらくわたしが月舟の末裔であることを知っている。だから、今のような言い方をしたのだろう。相槌を打ったわたしに、彼はさらに続ける。

「私の家は、遡れば、元禄の頃から京都で活動していた画商でしてね。幕末には『円藤』の名で何人かの絵師を抱えていました。その中のひとりが月舟なのです」

「月舟に百鬼夜行の連作を依頼したのが、円藤さんだったようですが……？」

「そのようですね。ただ、円藤は絵師を見る目はあったが、絵を見る目はなかった。あろうことか月舟が完成させた百枚連作を恐れ、自ら手放したのですから。……惜しいことをしました」

　九十九の目にぎらりと不穏な光が宿る。彼の口調は丁寧なままだったが、奥に隠しきれない苛立ちがのぞいていた。男のにわかな変貌を観察しながら、わたしは口をひらく。

「九十九さんは、円藤さんが手放した百枚連作を取り戻したいとお考えなのですか？」

　答えず、九十九はただ口角を吊り上げた。

「……何か？」

「いえ、思いのほかはっきりとものを言う方だなと思いまして。そうですね。取り戻したいと考えていた時期はあります。そのために、ありとあらゆる手段を用いて情報を集めましたし、多少危ない橋を渡ったこともある。それほどの魔性があのシリーズにはあった」

　どこか夢見るような眼差し（まなざ）しの先にあるのが、月舟の百鬼夜行図であることは、容易に察せられた。彼の言う「多少危ない橋」に、七森さんの関わった贋作制作が含まれているだろうことも。

「月舟の絵を手に入れることができたら、どんなにすばらしいだろうと思っていました。――ただし、あなたにお会いするまでは」

「わたしに？」

「あなたの絵には魔性がある。月舟と比肩する……いいえ、私にとってはそれ以上の」

　熱を帯びた目に見つめられ、わたしは口ごもった。わたしの絵を気に入ってくれる人間は稀（まれ）にいたが、九十九の眼差しにこもる熱はそれらともちがって見えた。

「描いてみたいとは思いませんか。月舟と同じ、モノノケを宿した絵を。あなたにはそれができる」

「九十九さん」

「私はね、時川さん」

畳みかけるように彼は言った。

「モノノケが見たい。本物のモノノケが見てみたいんです」

九十九の目が爛々と輝く。

彼の望みはこれだったのだと、わたしは悟った。

悟ると同時に背筋にぞっと悪寒が走る。九十九の望みは、ひとの道を外れた者のそれだ。

彼もまた、わたしや先祖たちのように、魔に魅入られた側の人間なのだろうか。

「本気で仰っているんですか？」

内心の動揺を隠して、わたしは一笑に付す。

「あなたの言うとおり、月舟の絵にはモノノケが憑いているかもしれない。けれど、わたしの描く絵はただの絵です。あなたが望む魔性なんてありません」

「月舟シリーズのモノノケを祓っているのはあなたでしょうに」

どうやら彼はわたしの素性だけでなく、家業についても調査済みのようだ。

確かにわたしは、画中から躍り出たモノノケを、描くことで紙へと封じ直している。異界に戻さず、紙に籠めたままとどめておけば、九十九の言うとおり、魔を宿した絵にはなるのだろう。けれど、それもモノノケを映す七森さんの「目」があってのことだ。

「ちょうどおあつらえ向きの案件があるではありませんか。女子大生をのみこんだという『なもしらず』。その憑きもの落としをするのでしょう?」

「……時川家についても、ずいぶん調べられたようですね」

相手を揶揄するようにわたしは呟いた。

「できませんよ、わたしには。モノノケを見ることもできないのだから」

「本当にそうでしょうか。暗闇に目を凝らす。かつてひとびとはそれだけで闇のうちにモノノケを見出した」

「今は現代の世ですよ、九十九さん」

息を吐いて苦笑する。

九十九も形だけは笑ったが、その目はちっとも笑っていない。彼がこの取引を本気で持ちかけていることが、わたしにもわかった。

「できないわけではないですよ。あなたはやらないだけだ」

わたしの胸中を見透かすように、九十九は言った。

「思うに、彼はあなたの目の代わりをしていたのではなく、ストッパー役をしていたのではは? 闇を見つめすぎたあなたが、これ以上『狂って』しまわないように」

――彼は。七森叶は。

二年半前、わたしのもとへと帰ってきた。

父が死に、母が壊れ、正気の淵を彷徨っていたわたしが、あちら側に落ちてしまうことのないように。手を伸ばして、つなぎとめてくれたのだ。
ツ、と己の片目に指で触れる。
瞼のうえから眼球をなぞり、わたしは顔を上げた。

「つまり、ご依頼は『なもしらず』の憑きもの落とし、その際に描く絵の制作ということでよろしいですか？」

「ええ。それで問題はありません」

「かしこまりました」

木彫りの円卓を軋ませて、わたしはわずかに身を乗り出す。

息が触れ合うほど顔を寄せた男に、「ただし」と真正面からにっこり微笑みかける。

「お受けするには、ふたつ条件があります」

「といいますと？」

「ひとつは、憑きもの落としを済ませた絵は見せるだけで、わたしに返していただくこと。もうひとつは、依頼の報酬として一幅の絵を譲り受けたいのです」

わたしの脳裏で、パネルに掛けられた掛け軸が鮮やかに蘇る。

縛られた妊婦を喰らう安達ヶ原の鬼女。彼女を取り囲む赤い業火。

「七森叶作の『くろづか』。先日五条のオークションに出品されていた一幅を」

七森さんが自ら贋作だと告白した「くろづか」は、出品者の意向で取り下げられていた。すぐに警察の捜査が入ったが、出品者自身は真作だと思い込んでいたらしく、彼に「くろづか」を売却した画商も同様だった。「くろづか」は何人かのブローカーを経て手に入れたものらしく、そこに九十九の名前が浮上することはなかった。

「『くろづか』は警察に押収されたそうですが？」

「ええ。ですが、いずれ戻ってくる。その際、今の所有者からあなたが買い取って、わたしにください」

「あれは、贋作ですよ」

「かまいません。あの画家の絵がわたしは欲しいのです」

言葉にひそんだわたしの真意に、九十九は気付いただろうか。

彼にとって贋作制作は、月舟シリーズを集めるための金策のひとつだったのかもしれない。手放して、すぐに忘れられるほどの。けれど、画家にとっては生涯消えぬ瑕になった。

「贋作師でしょう」

「いいえ、画家です。わたしにとっては昔も今もいちばんの、画家です」

わたしはその消えぬ瑕ごと「くろづか」が欲しい。

この衝動は愛ではない。あのひとを救うために、わたしはこのような奇特な申し出をしているわけでは、たぶんないのだ。

もっと独善的で、私利私欲にまみれた理由。

わたしはあのひとが作り出したものすべてが欲しい。うつくしいものも、おぞましいものも、すべてだ。

「その条件をのんでくださるというならば、あなたの前で描きましょう、『なもしらず』を。絵師・時川詩子の名にかけて」

請け負ったわたしに、九十九が弓なりに目を細める。

「わかりました。『くろづか』の絵は、私が必ず手に入れましょう」

恭しく頭を下げると、九十九はそう約束をした。


九十九が帰ったあと、茶器の片付けを済ませると、わたしは端末を取って縁側に出た。夕暮れどきの空は薄紫や群青がつくり出す綾織りのようで、西の方角には宵の明星が輝いている。軒に吊るして乾かしていた玉葱や臭木などの染料を取り込んで、わたしは板敷に座った。

「馬鹿なことをする女だって思います？」

ふふっと笑って、編み籠に入れた青い臭木の実をいじりながら、誰ともなしに語りかける。

「別に自棄（やけ）になっているわけじゃあないんですよ。わたしはわたしのやり方で『くろづか』を手に入れて、ついでに巻き込まれたらしいクラスメートを取り返すだけ。それでも馬鹿じゃないかってあのひとなら言う気がしますけどね」

　話していると、かたわらに置いた端末が震えた。表示された発信元を確かめて、わたしは通話ボタンを押す。

「こんにちは、七森さん。釣れましたね」

『馬鹿ですか、貴女（あなた）は』

　受話口越しに少し低めの、懐かしい声が聞こえたので、わたしは口端を上げた。

「ずいぶんなご挨拶（あいさつ）じゃあないですか。メールは見ました？」

『九十九と憑きもの落としをするって？　俺に喧嘩（けんか）売ってるんですか、貴女は』

「ふふ。このふた月、つながらなかった電話をあなたのほうからかけてきたのだから、わたしの勝ちですね」

『冗談を言っているわけではないんですよ』

「ええ、わたしだって本気ですよ。早くあなたを取り戻したいから」

　七森さんが閉口する気配がしたので、わたしは首をすくめた。

　彼はたちの悪い冗談を続けられていると思ったのだろうが、わたしにとっては嘘偽（うそいつわ）りのない気持ちだ。

　確かに、九十九と取引をするとき、わたしは「夜祭」のキャンバスの裏に録音機を仕込んでいたし、彼が贋作制作をほのめかしたら、その証拠をもってすぐに警察に届け出る気でいた。知ってか知らずか、九十九は核心にふれる言葉をひとつも口にしなかったけれど。

「今、どこにいるんですか、七森さん」

『東京ですよ。父の周囲をあたっている中で、同じように九十九に贋作制作を強要されていた男を見つけたので』

　何気なく続けられた言葉に、わたしは微かに瞑目する。

　贋作師である父親を、このひとはひどく厭うていた。たとえ故人であっても、その道筋をたどるなんてしないと思っていたのに。わたしの胸中を察したのか、七森さんはしばらく沈黙し、やがて話を戻した。

『「なもしらず」、本当にひとりで憑きもの落としをするつもりですか？』

「親切な鬼からマル秘アイテムをもらいましたから。今回はそれで押しきります」

『十日待てますか。こちらの用件を片付けたら、そちらに戻りますから』

　まるで子どもをなだめすかすような言い方に、わたしは薄く笑った。相手の表情を想像しながら、別のことを訊く。

「『なもしらず』がどんな絵か、七森さんは知っていますか」

『一面黒い絵だという話は聞きましたよ。錺屋から』

「わたしも銹屋さんから少々、昔話を聞きました。月舟とおすずさんのね。月舟は九十九枚の絵を完成させたのち、百枚目に鬼となった己を描いて、異界へと消えた。銹屋さんがボケてないなら、百枚目には本来、何も憑いていなかったはず」

『でも、ひとをのみこむんでしょう』

「つまり憑いているのは、月舟自身とは関係のない、別の何かというわけですよ。題名どおり『名も無き何か』」

研究室で見た「なもしらず」を脳裏に描き、「画中にいるのは何なんでしょうね」とわたしは呟く。

「尼寺の住持の話だと、絵にまつわる神隠しはこれまでに七件。実際には人さらいや自発的な失踪も含まれてそうですが……。あの絵はもしかしたら、うちで言う霊道のような役割をしていたのかもしれない」

時川家に通る霊道には鬼火が灯り、むやみやたらにひとをのみこまないよう管理がされている。しかし、「なもしらず」はちがうようだ。絵に憑いた何がしかが鑑賞者を異界に引き込んでいると考えればよいのか。だが、神隠しを起こすモノノケなど、数が多すぎて見当もつかない。

「せめて名前だけでもわかれば、描きようもあるのですが」

話しながら、わたしは夕暮れどきの群青の空を仰ぐ。青の染料となる臭木に触ったせいで、わたしの指先も青く染まっていた。それをかざして、空色に重ね見る。

『すずの死にざまについては調べたんですか？』

　ふと七森さんが尋ねた。

「死にざま、ですか。いいえ」

『こういうときは絵自体より、それにまつわる人々を調べたほうが早いと思いますよ』

「ふうん、そういう考え方もありますね」

　すずの墓があるという尼寺を思い出して、わたしは空にかざしていた手を下ろした。

『「なもしらず」は今、浜野研究室が持っているんでしたか』

「ええ。ちなみに憑きもの落としの決行は、次の満月の夜です。来たければどうぞ」

　彼が知りたがっているであろうことをあっさり明かして、わたしは立ち上がった。

　七森さんがいるのは外なのだろう。ガタゴトと通過する電車の音が背後から聞こえる。東京のビル街で、端末を片手に空を見上げている男の姿がよぎった。彼は今どんな顔をして、何を考えているのだろう。想像すると、同じように空を見上げるわたしの胸にも、一筋の深い青が波紋のように兆した。

「会いたいですよ、七森さん」

　めずらしくわたしは素直に心を明かした。

「さみしい」

思いがけず、璃子と同じようなことを言いだす自分が不思議だった。

璃子という卑近(ひきん)な例があったせいか、わたしはだいぶひねくれていて、自分の感情を素直に吐露することができない。けれど、七森さんが相手だと少しちがってしまう。自分の意志に反して、ぽろぽろと感情の切れ端がこぼれてしまうときがあった。

『詩子さん?』

端末を耳にあてたまま、わたしは唇を引き結んだ。

電車の音が大きくなり、通話の状況が悪くなる。

「声が聞けてよかったですよ、七森さん」

そこで電波が途切れ、ノイズだけが大きくなった。

最後の言葉は七森さんに届いただろうか。顔が見えない端末を使うと、いつもの調子が狂ってしまってよくない。苦笑気味に通話終了ボタンを押し、わたしは端末自体をオフにした。


「なもしらず」は三嶋さんの失踪後も、浜野研究室の資料庫に保管されていた。クラスメートを言いくるめて資料庫の合鍵を預かったわたしは、深夜、ひとがいなくなるのを見はからってから中に忍び込む。

雑然と散らかった倉庫内は、憑きもの落としには適さない。棚にしまってあった絵を回収すると、普段使っている制作室に運びこんだ。壁に絵を掛け、グレーのカーテンを開く。思いのほか明るい月が、電気を点けていない部屋を照らした。

「今日が満月でよかったですよ」

　わたしとともに構内に忍び込んだ九十九は、月を見上げながら呟いた。

「次の満月には、たぶん間に合わなかったでしょうから」

「どういう意味ですか？」

　含みのある九十九の言いぶりにわたしは首を傾げる。

「おや、ご存じではない？　西方(にしかた)さんをはじめとした、何人かから詐欺(さぎ)の被害届を出されましてね。あなたの保護者が一枚噛んでいるのだとは思いますが。ワタクシ、今警察に追われている身なんです」

　わたしの保護者、とは七森さんのことだろう。

　先日の電話のやりとりからすると、彼はかつて九十九のもとで贋作制作をしていた男とコンタクトを取っているようだった。烏丸ファシリティを去ったからといって、あのひとはただやられっぱなしになっているひとではない。自分なりの方法で九十九を追い詰めるつもりなんだろう。

「いいんですか？」とわたしは試すように九十九に訊く。

「逃げるなら、今だと思いますけど」

「かまいませんよ。数年くらい、刑務所の壁を見続けるのもまた一興です」

首をすくめる九十九は、本当にどうということもない顔をしている。「それよりも」と画材一式の荷を解いているわたしに、九十九は尋ねた。

「『なもしらず』、どのように描かれるおつもりですか?」

男の白皙の顔にはうっすら朱が差している。興奮しているのだ、とわたしは遅れて理解した。男の目には、待ち望んだ玩具を手に入れる前の子どものような無垢な熱が宿っている。

「わたしには、七森さんのような『目』はないので――」

瞼のうえに指を這わせ、わたしは微笑んだ。

「少々、裏技を使います」

紺桔梗の古着をたすきがけすると、先日錺屋さんからもらったライターを取り出して、脇に置く。画材入れから使い慣れた数本の筆を引き抜き、硯で墨を磨った。月の照るコンクリート打ちの部屋に、墨独特の澄んだ香りがたちのぼる。

ライターを持ち、墨がにおいたつ先にひそむ闇をわたしは見据えた。

カチッ、と蓋を鳴らすと、窓の外に懸かる月がかき消える。

何かが切り替わったのだとわかった。正面に月舟の絵が掛かり、そばに九十九がいたはずの制作室は様相を変え、深い闇の中にわたしひとりが取り残される。周囲に目を凝らそうとして諦める。これは真の闇だ。常闇と無音の世界。異界と呼ばれし場所。

そして、わたしにはひどく懐かしい場所でもあった。

思い出す。かつては、こちら側の世界だけが幼いわたしの遊び場だった。わたしの遊び相手は皆この闇の中に棲んでいて、彼らもまたわたしを愛し、隙あらばこちらにおいでと手招きする。

――うた。おいで。こちらにおいで。

彼らの誘いにのって、異界に踏み入ってしまったことも一度や二度ではない。

しばらくあてどなく常闇と無音の世界を歩き続けていると、爪先に何かが当たった。暗さにわずかに慣れた目を頼りに拾い上げる。ソフトビニール製の女の子の人形だった。

――だあれ？

か細い童女の声がして、暗闇から伸びた手が人形の足を引っ張る。五つか六つくらいの、ジャンパースカートを着た女の子だった。年頃と服装から察するに、以前神隠しに遭ったといわれる住持の姪っ子だろうか。

「どうぞ」

人形を返してやると、童女がぱっと笑顔になった。くるりとわたしに背を向け、人形を抱えて別の方向に走り去る。彼女が駆けていった先には、幾人もの女子どもがうずくまっていた。海老茶色の袴に革靴を履いた女学生、嫁入り前の振袖姿をした娘、ほっかむりをして膝を抱えた子ども。ビビッドオレンジのキャミソールの三嶋さんの姿もある。

「いちおう、無事みたいですね……」

寝息を立てているクラスメートに一瞥をやり、わたしは息をつく。それから、女たちの隅で膝を抱えている、ほっかむりの少女の前にかがんだ。

襤褸切れをまとった少女はぼさぼさ髪をしていて、身体は棒切れのように痩せている。泥で汚れた顔の中で、大きな目だけが異様に澄んでいた。

この子だ、と直感する。

「見つけた」

口元に笑みを刷き、わたしは少女の両手を取った。

「探しましたよ、おすずさん」

小さな両手を引き寄せたとたん、周囲を取り巻いていた闇がさっと晴れる。

――落照院の椿寿尼。俗世での名をすず。

雲ケ畑にある尼寺に足を運んで知った。

今から百年以上前、ご維新ののちの世で――。七十を過ぎた贋作師は、不運にも金品めあての暴漢に襲われて死んだ。日本刀で腹を掻っ捌かれ、あたりを血の海に染めながら「なもしらず」の前で事切れていたという。世を贋作で惑わし続け、鬼になりたいと願いながらもなれずに、ひとの身のまま死んだ女の最期だった。

尋常ならざる死を迎えた女の妄念は、怨霊と化して絵に憑いた。

皮肉にも、彼女は死してはじめて、モノノケが宿る絵をこの世に顕現させたのである。

「ずっとあなたにお会いしたかったんです」

小さくあたたかな手を握って告げると、少女の澄んだ目が見開かれた。ひび割れた唇がもの言いたげにひらき、直後、つかんだはずの手が光の中にかき消える。

祓ったわけではない。ただ見えなくなっただけだ。

月光の射す制作室では、独語するわたしを、先ほどと変わらぬたたずまいで九十九が奇妙そうに眺めている。あたりを覆っていたはずの深度の異なる闇や女たちの気配はない。三嶋さんの姿も見えなくなっていた。

火が消えたライターをしまうと、わたしは一度目を瞑る。

描こう、と思った。

怨霊を。すずを描く。

筆を取ると、わたしは背丈の半分ほどはある雁皮紙の前に片膝をつく。

息を吸い、墨をたっぷりつけた筆を紙に置いた。筆先から、雨滴が糸のように溢れだし、まっさらな紙のうえを跳ねる。ジュン、と匂いたつ雨の描線だ。無数の糸は波打ち、うねりながら、その向こうにたたずむ女の貌をあらわにする。虚ろな目をした、されど胸のうちに情念の炎を宿すひとりの女。

とらえた、と思ったとたん、不思議なくるおしさがわたしの胸に流れこむ。

胸の奥底を錐で穿たれるような。

満たされることのない渇き。強烈な飢え。

知っている。これは、さみしいという感情だ。

わたしの胸にも巣食う、ふさがらない空洞。

狂い。わたしの狂いの根源。

ふふ、と知らずこぼれた笑みが口端にのる。

あぁ、わたし。

わたし、きっと、あなたと――。


「すばらしい」


ふいに背後からかけられた声に、わたしは筆を止める。

ここではない世界との交歓が破られ、少しの不快さを感じながら振り返ると、九十九は陶酔するような面持ちで、描き途中の絵を眺めていた。

「やはり、貴女の絵には魔がある。ほんものの魔が――……」

半月をかたどった目がどろりと溶けた気がして、わたしは息を詰めた。

何かがおかしい、とまだぼんやりした意識が警鐘を鳴らす。

そこにあるはずの九十九の顔が蠟のように溶け、どろどろした塊の中から、別の女の顔が現れる。皺の寄ったいかめしい、されど目元に艶が残る老女。九十九の顔に二重写しになった老女に、わたしは眉根を寄せた。

「——誰です、あなた」

「誰、とは？」

夜風があたるせいか、窓ガラスが小刻みに揺れている。筆を握ったまま、あとずさろうとしたわたしの背に、冷えた窓枠があたった。

「誰とは？　ねえ、時川さん。だ、れ、と、は？」

詰め寄られ、床に並べられていた絵皿が果敢ない音を立てて割れる。九十九の手が猫の子でも取り上げるようにわたしの首を絞め上げた。

「つづら、さん」

逆光のせいか、墨で塗りつぶされたかのように男の顔は見えない。わたしの首をキリキリと絞める男の背後には、描きかけのわたしの絵があった。おぼろげにたたずむ女の死霊が、画中からわたしを見下ろしている。

「……すず」

憑いているのだ、と思った。

おそらく、描き途中で中途半端に筆を止めたせいだろう。画中から誘い出した贋作師の死霊は、わたしの筆で封じ直されることなく、そばにいた九十九に憑いた。

あらがおうとして九十九の手に爪を立てるが、非力なわたしでは男の力には到底かなわない。霧がかかり始めた視界で、暈（かさ）をまとう満月がやけにくっきりと見えた。生理的な涙が眦に滲む。引き剝がそうとあらがう手の力が抜け、月が遠のいていく――……。

直後、ゴッと重いものがぶつかる音が間近で上がる。

わたしを絞め上げていた九十九の手が外れ、のしかかっていた重みが唐突に離れた。崩れかけたわたしの身体を別の腕が引き寄せる。咽喉を押さえて咳（せ）き込みながら、わたしは荒い息を繰り返した。

「詩子さん」

意識の外側から発せられた声に、わたしは瞬きをする。

視界が白く濁っているせいで、相手の姿がよく見えない。それになんだか瞼も重かった。詩子さん、と相手は根気よく繰り返したあと、反応が鈍いわたしの頰を軽く叩いた。それでようやく視界が精彩を取り戻す。

「ななもりさん……？」

「戻ってきましたか」

ぱちぱちと瞬きを繰り返すわたしの両肩に手を置き、七森さんは息をつく。吐息が耳朶（じだ）

をくすぐる。都合のよい幻影ではなく、本物の七森さんのようだった。

「どうして」

「日時と場所を指定して呼び出しておいて、どうしてはないでしょう」

「来ない選択肢だってあったでしょう……」

呟いたわたしを、七森さんは呆れた顔で睥睨した。

「これでも、大急ぎで片付けてきたんです。まさか、因縁の相手に電熱器をぶつけるはめになるとは思いませんでしたが」

肩を押さえて呻いている九十九を見て、七森さんは顔をしかめる。

言葉のとおり、少し離れた場所には部品が外れた絵具焼き付け用の電熱器が転がっていた。身体をくの字に折った九十九はしばらく息を喘がせていたが、やがて天井を仰いでポカリと口を開ける。細く長い悲鳴が上がった。通常の音域を超えた、ひとならざるものの声。

「……どうします？　七森さん」

乱れた息を整え、わたしは微笑む。

目を向けた先にあるのは苦悶する九十九の姿だ。

「『なもしらず』に憑いていたモノノケはおすずさんです。わたしが中途半端に憑きもの落としをしたせいで、今度は九十九さんに憑いてしまいましたが……。このまま、放っておきましょうか？」

　九十九がすずに憑き殺されたところで、わたしはさほど困らない。

　このひとは七森さんから一切合切を奪っていったのだから、わたしが同じぶんだけ奪い返したってよいだろう。わたしの心はちらとも咎めないし、後悔もしない。

「相変わらず、悪人面がお好きですね」

　軽くわたしの頭を撫でて、七森さんは床に落ちていた筆を拾う。

「あの男ははなから十分いかれていますし、貴女はすずのほうを救いたいのでしょう？　お手伝いしますよ」

　差し出された筆に彼の意志を汲み取って、わたしは肩をすくめる。

「あなたもたいがいお人好しですね。わたしには理解しがたい」

　ほどけたたすき紐で、痺れの残る手と筆を結ぶ。何枚かの絵皿はさっきの乱闘で割れてしまったが、岩絵具の瓶は無事だった。失敗した絵の代わりに、別の雁皮紙を張ったパネルを置くと、筆に墨をつける。

「お願いします、七森さん」

　袖をひるがえして、わたしはかたわらに立つ男に呼びかけた。彼に「目」を任せると、緩やかに視界を閉ざす。ざわめく音が静まっていく。無音の世界。それが心地よい。

「――月下にひとり女幽霊」

吟じる声に促され、わたしは目をひらく。

身体の節々はまだ痛んでいたが、いつもどおりに背筋を正すと、呼吸がすっと通った。紙上を自由に動けるように大きく腕を広げる。シュルリと衣擦れを立てて裾をさばくと、墨をつけた筆を新しい雁皮紙に叩きつけた。

稲妻のごとき描線が、光と闇のあいだにほとばしる。

死霊というにはあまりに烈しい、火花散るような情念の女である。

「纏う襦袢の色は胡粉の白。上に銀泥を刷く」

ちり、ちり、と燐光が瞬くように、死霊を取り巻く夜気が銀を帯びる。わたしの筆は、先ほどとは異なる銀の雨に転じている。筆がかすめた紙上に、銀の雫が跳ねる。女の涙のようであり、天の涙のようでもあった。

七森さんの声がいざなう造形は、なんともうつくしい。

そうか、とふと思いつくことがあって、わたしは目を細めた。かつて、幼いわたしの前でひるがえった彼の絵筆。わたしのはじまり。

あのときわたしは、彼の眼差しの先にある世界に魅了されたのだ。

「女の顔は……」

ふっと微笑む気配があり、七森さんは続ける。

「貴女の想うがままに。眼窩は金泥」

膠液と水で溶かした金泥を薬指ですくう。

息がまだ苦しい。ぜいぜい、と自分ではないもののように喘ぐ咽喉を押さえ、そっと死霊の眼窩に色を差していく。未練と恨みを溜めこんだ死霊であるはずなのに、ひとり俯く姿はどこかものがなしい。描く手を止めてはならないと思った。今、わたしが筆を取り落としたら、彼女の姿は薄らいで、光の中に消えてしまう。

身体は震えているのに、指先だけは芯が通っているのが不思議だった。半ばすがりつくように画に色を入れているわたしを、七森さんが遮ることはないし、止めることもない。ここで絶命したら、冷たくなった身体を抱え上げるくらいはするかもしれないけれど。

甘い幻想に、わたしは低くわらった。

「ええ。あなたはそれで良い」

金に染まった指先を眼窩から離し、絵の下方に墨で己の名前を走り書く。

――時川詩子作「なもしらず」

パッと墨の飛沫をあげながら、わたしは筆を硯に置く。

そして、息絶えるように意識を失った。

四

夢の中で、月の照る夜、ひとりの女が三条大橋を渡っていた。

袈裟をかけ、髪を下ろした年嵩の尼だ。しかし、足取りはよどみなく、背筋もしゃんと張っている。橋の中央で足を止めた尼は、対面からやはり同じように歩いてきた少女に気付くと、口端に薄い笑みを浮かべた。

「都幾」

呼ばれた少女は十六、七ほど。つぎはぎをした藍染の木綿は裾が汚れ、少女自身も頬に墨をくっつけている。一目見て、絵師だとわかる少女だった。彼女は意志の強い澄んだ目を上げると、「すずさま」と破顔した。

「調子はどうや」

「『のっぺらぼう』、無事憑きもの落としが済みました。すずさまのおかげです」

そうか、と橋上から流るる川を眺めて、尼が息をつく。

季節は秋だった。川の両岸に生えた木々は唐紅に染まり、風に運ばれた落ち葉が川面に浮かぶ月のうえをたゆとう。世の移ろいのようだ、と都幾が呟いた。

妖怪絵師であった都幾の祖父が死んで数十年余り。

ご維新を経て、変わりゆく浮世の中、都幾の祖父——月舟が描いた百枚連作は散り散りになった。所在はようと知れず、月舟という絵師がいたこと自体、人々は忘れつつある。

都幾もまた、顔も知らぬ祖父のことは忘れて、絵の道に打ち込んでいたが、昨今、祖父の絵にまつわる奇妙な噂を耳にするようになった。

何でも、月舟が画中に封じたモノノケが夜ごとに悪さをするのだという。

都幾もはじめはただの怪談話と聞き流していたが、宮川の花街で死者を出すに至り、置屋の主人が都幾のもとを訪ねてきた。いわく、百鬼夜行図を所有していた芸者が客を憑き殺したのだという。また、別の絵を所有する商人の蔵で、火事が起こったという話も聞いた。こうした怪談話がひとつふたつと集まるにつれ、ついに都幾も見過ごせなくなった。

祖父の絵に憑いたモノノケたちを祓う術はないものか。

あちこちの拝み屋をあたったが、相手にされず、困窮した都幾がたどりついたのが雲ケ畑にある落照院という尼寺だった。代々、尼が住持を務め、今はすずという女人が寺を守っているのだという。噂によれば、彼女は月舟の一番弟子で、稀代の贋作師でもあったとか。

おそるおそる落照院を訪ねた都幾を、すずは静かに迎えた。

今は名を変え、椿寿尼という。

窮状を訴えた都幾に、椿寿尼はなるほどと了解し、ほな鬼にでも聞いてみよか、と笑った。年嵩の尼であるのに、どこか婀娜っぽい笑い方をする。いったいそのような奇特な鬼がどこにいるのだろう、と都幾は思ったが、数日後、椿寿尼は鬼から聞いたのだという憑きもの落としの技を都幾に教えてくれた。

月舟の画に憑いたモノノケを、筆をもって己の画中へと封じ直し、霊道を介して異界へと返す。幸いにも、都幾はモノノケを見るよい目を持っていた。月舟の血やろな、と椿寿尼が言った。

「月舟が遺した絵は百枚。あんたの一生じゃあ落としきれへんやろな」

「そのときはわたしの子に継がせます。足りなければ、その子、また子に」

「そこまでの業を負わはる必要があんたにあるんか」

白のもうすの下から、椿寿尼が冷ややかに訊く。

目を瞬かせたあと、都幾はにっこり微笑んだ。

「いつまでも画中に閉じ込められているのは、かわいそうではありませんか」

「……ふん、あんたもモノノケに魅せられたクチか」

「おじいさまに似てますか？」

「そやな。心根はちがうように見えるが」

自嘲気味の表情に、彼女自身の悔恨が透けて見えた。都幾が口をひらく前に、椿寿尼は胸に抱いていた風呂敷包みを差し出す。掛け軸が一軸おさまるくらいの桐箱が中から現れた。

「これは？」

「百鬼夜行の百番目。あいつの連作の最後になった絵や」

とたんに手にした桐箱の重みが増した気がして、都幾は姿勢を正した。

月夜の陰影を帯びた椿寿尼の顔は、突き放すようでも、誘惑するようでもある。あるいはそこに微かな慈しみを見てしまうのは、都幾がまだひとの業を知らぬ少女だからだろうか。

この女人は、かつて異形となった月舟を追いかけ、贋作・百鬼夜行図を完成させた。その画もまた散逸し、今をもって世を惑わし続けている。絵師の風上にも置けないと思っていたはずなのに、実際に会うとどこか親しみを覚え始めている自分がいた。

「開けても？」

断りを入れて、桐箱の蓋を外す。

現れたのは真の闇。一面、黒と化した一幅だった。

しかしよく見れば、ただの墨一色ではない。森羅万象のさまざまな色が紙上を躍り、そのうえから黒が塗りつぶしている。隠された色彩は、画中の闇をより深く、底知れないものにしていた。

祖父が焦がれた幽世の一端を垣間見た気がして、都幾はつい目をそらしてしまった。これは描いてはならないものだと本能が言っていた。

「あんたのじじいはこれを描いたあと、この橋から飛び降りた。まだ少女だったあたしに絵え遺してな。……わろうとったで。あれが人間だった月舟を見た最後やった」

もうすの下の眼差しにつかの間、女の艶がのる。

何故か急に、この方は祖父を愛していたのだとわかってしまって、都幾は頬を染めた。まだ恋というものを知らぬ都幾には、それがどれほどの感情であるのか想像することもできない。ただ、胸が軋(きし)んで切なかった。

「すずさま」

栓(せん)のないことだとわかっていながら、都幾は聞かずにはいられなかった。

「長い月日はあなたの御心を慰めたのでしょうか」

「いいや」

わかっているだろうと言いたげな笑みを椿寿尼は浮かべる。

「むしろ月日を重ねるごとに深みにはまる。底なし沼や」

「あなたの憑きものは祖父だったのかもしれない」

呟いた都幾に、椿寿尼は目を丸くして、そらええわ、と声を上げて笑い出す。尼らしくない豪快な笑い方だった。眦に滲んだ涙を節ばった指で拭(ぬぐ)い、椿寿尼は流るる川から都幾へ目を戻した。

「愛した男は手に入らず、産み落とした子は捨て、ただ一枚の絵すら描くに至らず。しょうもない人生だったが、最後に訪ねてきたんがあんたやったあたり、悪くはなかった」

秋の夜風が吹き、色づいた葉をいっせいに散らす。ひるがえったもうすを手で押さえ、椿寿尼は皺の刻まれた眦をツイと指で払う。あるはずのない涙が風に散る幻影が都幾には見えた。

彼女とはそれきりだ。

数年後、非業の死を遂げたと風の噂で聞いたが、定かではない。

——都幾、ええか。こう描くんや。

ひらり、ひらりと葉が落ちるように積み重なる月日の中で、都幾は時折、瞼裏(まなうら)の面影に想いを馳(は)せる。少女だった都幾の前でただ一度、鬼から教わった技法を伝えるためにひるがえった、亡き女絵師の手。

女人にしては節ばったその手を、都幾は生涯忘れることはなかった。

額に貼っていた冷却シートが落ちる気配がして、わたしは目をひらいた。

細くひらいた障子戸から、金木犀(きんもくせい)の香りをのせた風が入ってくる。障子越しに射しこむ光はやわらかく、今が夕暮れどきなのか早朝なのか、すぐにはわからなかった。

枕元にあったスマートフォンを引き寄せると、夕方の四時。ずっと眠っていたせいで、けだるい身体を起こして、寝乱れた髪をシュシュで束ねる。

「なもしらず」の絵を描いて以来、わたしは熱を出して寝込んでいた。身体のほうが先に限界を迎えたらしい。七森さんに付き添われて行った病院で点滴を打ってもらったあたりから、わたしの記憶は飛び飛びで、眠ったりときどき覚醒したりを繰り返している。

自宅で療養を始めて数日後。九十九が詐欺罪で捕まった。

九十九画廊名義で取り引きしていた絵の中に贋作が数点あったことが判明し、七森さんをはじめとした数名が贋作制作を強要されたと訴えたため、警察が動いたらしい。

わたしはそれらの話を伊鶴沙耶から聞いた。

七森さんが話したがらないのと、何故かわたしたちを気に入ったらしい沙耶が一方的に情報を送りつけてくるためだ。膝に置いた端末が震えたので、今日も彼女の情報提供かと画面を表示させると、三嶋さんからのお見舞いメールだった。

一時捜索願まで出されていた三嶋さんだが、わたしが「なもしらず」の憑きもの落としをした翌日、何事もなかったように戻ってきた。

何でも、気付くとアパートのベッドで眠っていたという。「なんや絵に食べられる夢見とったんやけど、お祓いが必要かなあ?」と真剣な顔で聞いてくるので、「もう済んでいます」と返しておいた。

お見舞いなのだか、近況報告なのだかわからないメールに、ぽちぽちと返信を打っていると、外から控えめに襖が引かれた。

「なんだ、起きてたんですか」

呆れた顔で七森さんが言う。まるで子どもの夜更かしを見つけた母親みたいな口ぶりだ。

わたしはなんとなく唇を尖らせ、「今さっきですよ」と端末を置いた。

「あなたこそ、いつの間に来ていたんですか」

「ついさっきです。店先で洋梨を見つけたので」

外に出られないわたしの代わりに、日用品の買い足しをしてもらっているため、七森さんにはこの家の合鍵を渡している。近くの青果店のビニール袋に入った洋梨を見て、わたしは相好を崩した。

七森さんは半身を起こしたわたしのそばにあぐらをかくと、洗った洋梨の皮をナイフで剝き始める。骨ばった大きな手のひらが器用にナイフを動かす姿を、タオルケットをかけた膝を抱いて眺める。会社帰りなのか、七森さんはストライプのシャツを肘までめくっていた。

「熱は下がりましたか」

「だいぶ。眠りすぎて、なんだかいろんな夢を見た気が」

「冷蔵庫におかずを入れてあるので、俺がいないときは適当に食べてくださいね」

「あなたっておにいさんというより、おかあさんですよね……」

七森さんが皮を剝いた端から、行儀悪くわたしは洋梨をつまむ。彼は眉根を寄せただけで咎めることまではしない。みずみずしい果肉を味わい、「食べ終わったら付き合ってほしいことがあるのですけど」とわたしは持ちかけた。

た」

「絵を見たくて。……わたしが描いた『なもしらず』。九十九さんにお見せするはずだっ
た」

　案の定、七森さんはあまりよい顔をしなかった。

　憑きもの落としをしていた最後のほうの記憶がわたしは曖昧なのだが、九十九はあのあと、七森さんが呼んだ救急車で病院に運ばれたらしい。そして意識を取り戻したその日に、搬送先の病院で逮捕・送検された。

　九十九はけれど、約束を守る男ではあった。わたしが所望した七森さんの「くろづか」は、帰宅した家にきちんと届いていたのだから。

「笑っていましたよ」

　同じことを思い出したのだろうか、七森さんがぽつりと言った。

「病院で捕まったとき、あいつはうれしそうでした。本懐を遂げたと」

　――私はね、時川さん。

　――モノノケが見たい。本物のモノノケが見てみたいんです。

　目の奥に病んだ熱を湛えて、男が呟いていた言葉を思い出す。

　捕まったとして、たぶん九十九には何ひとつ失ったものなどないのだろう。彼はこの世のあらゆることに興味がない。ただひとつ、執着していた望みもこうして果たされた。

結局、九十九の一人勝ちなのかもしれない、とわたしは思った。

「救急車、呼ばないほうがよかったのかもしれませんね」

苦笑交じりに七森さんは呟いた。

「立てますか?」

差し出してくれた手に手を重ねて立ち上がる。寝てばかりいたせいで、まだ若干危うい足取りのわたしを支えると、七森さんは枕元に畳んであった羽織をひらいてかけてくれた。

一時、救急車やパトカーでわたしの通う美大は大騒ぎになったらしいが、わたしが描いた「なもしらず」はあの晩、七森さんがひそかに運び出してくれたおかげで難を逃れた。贋作師の死霊を封じ直した絵は今、わたしのアトリエに置かれている。

「あのあと、俺も『なもしらず』が引き起こした神隠しについて少し調べました。確か先代の住持の姫御さんも行方不明になったという話でしたね」

「人形を持ったまま消えたと。浜野先生が今の住持から聞いたそうですよ」

「彼女、今年で二十歳になるそうです。先日成人を迎えたと、晴れ着姿のお写真も見せてもらいました」

瞬きをしたわたしに、七森さんはなんともいえない顔をする。

「浜野先生の聞きちがいか……あるいはすずの霊を祓ったおかげで、彼女ももとの場所に戻れたのか。どちらでしょうね」

「神隠しはわかっているだけで七件と聞きましたが」

「もしかしたら彼女たちも、それぞれの時代へ戻っていったのかもしれない。確かめる術はありませんが」

暗闇にうずくまる女子どもの影がわたしの脳裏によみがえった。姪御さんのようにきちんともとの時代に戻れていればよいが、彼女たちの行方はもはやたどりようがない。

「ともかくも、あなたの友人がご無事で何よりでしたよ」

「友人じゃありません、ただのクラスメートです」

ツンと顔をそむけて、わたしは廊下の突き当たりにあるアトリエの襖を引いた。

薄闇から墨と膠のにおいが薫る。

そこに広がる光景を見て、わたしは息をのんだ。

暗い色調の画中に女幽霊が俯きがちにたたずんでいた。幽玄とはほど遠い、闇夜を切り裂く稲妻がごときその立ち姿。反して、金泥を差した眼窩には、ひっそりとした憂いが宿っている。

きれいだ、と思うと同時に、胸が引き締められるような切なさが湧いた。

昔からそうだ。わたしはひとよりもずっとひとでなしに近しさを感じる。七森さんや三嶋さんのようなまっとうな人々ではなく、すずや九十九といった、ひとでなしばかりと心の深い場所で共鳴してしまう。

すずを描いていたあの晩もそう。

筆を通して、彼女の心に己を重ねながら思ったのだ。

――あぁ、わたし。

きっと、あなたと似ている、と。

「詩子さん？」

黙り込んでしまったわたしをいぶかしく思ったらしい。呼びかける七森さんの声で現(うつつ)に意識を戻し、わたしは画中から視線を解いた。

「彼女にも、あちらにお帰りいただかないといけませんね」

「燃やすのは、嫌ですか？」

「いいえ。早く帰してあげたほうがよいでしょう」

絵を見せるべき九十九は拘置所の中であるし、彼もすでに本懐は遂げただろう。今は画中におさまる亡霊の輪郭(りんかく)を指でたどり、わたしは目を細めた。

詩子さん、と同じように絵を見上げていた七森さんがふいに口をひらく。

「ずっと気になっていたことがあるのですけど」

「何です？」

「……本当は貴女。ぜんぶ見えているんじゃないですか」

心臓の裏側をトン、と指で突かれたような衝撃が走った。

軽く目を瞠らせてから、わたしは唇を湿らせる。

「ぜんぶって？」

「ぜんぶですよ。こちらのものも、あちらのものも、すべて」

彼の声は暴きたてるようでも、責めるようでもない。

そのことに少し安堵しながら、「見えませんよ」とわたしは彼に背を向ける。にわかに騒いだ心を落ち着かせようとアトリエの壁に手をあてると、ひんやりした漆喰の温度が手に返った。

「嘘じゃないです。あなたに出会ったその日から、あちらを見るのはやめました」

暗闇に目を凝らす。

その先に広がる幽世を、幼い頃のわたしは愛していた。

いとしいわたしの遊び場、わたしの遊び相手たち。

でも、それはもうずっと昔に捨てたものだ。絵筆を持つ彼の手が、幼いわたしの前でひるがえった瞬間から。彼の眼差しの先にある世界に魅せられたあのときから。

「あなたがいるほうの世界で、生きていくと決めたから」

だから、わたしはあちらを見る目に瞼を下ろす。

二度とあの慕わしき闇に心奪われないように。彼らの誘いにのって、境界を踏み越えてしまわぬように。

身勝手なわたしの言い分に、七森さんは呆れただろうか。何しろ、自分の目を使わない代わりに、彼の目を使っているわたしだ。

「恨むなら、恨めばいいですよ」

後ろ手を組んで振り返ると、わたしはいっとう凄艶に笑ってやった。

「ぜんぶ、わたしの前に現れたあなたが悪い」

向かい合うわたしたちの間で、張り詰めた空気がピリリとふるえる。

わたしを見つめる七森さんは、何故か薄く笑んだ。冷たいのに、やさしい。胸をかき乱される笑い方だった。

「たちの悪い女もいたもんだ」

それでわたしのふるまいすべてをゆるしてしまって、彼は視線を解いた。

鬼火で焼き払うためだろう。絵を持ち上げた七森さんをわたしはつまらなげに眺める。もっとなじられるだろうと、いい加減見放されるだろうと思っていたのに。このひとは結局、わたしの思いどおりにはならない。

「どうですか、わたしの『なもしらず』は」

せめて一矢報いるつもりで尋ねると、彼は手にした絵を一瞥して、「いいんじゃないですか」とぞんざいに言った。いつもどおりの返答に、わたしは機嫌を悪くする。

「あなたときたら、いつも適当に言うのだから」

口を尖らせると、七森さんは肩をすくめた。

「これくらいの出来じゃあ、愛は囁けませんね」

突き放すような物言いをしているのに、わたしに向けられた彼の眼差しは甘い。頰につと指先が触れた。そこにかかる髪をわたしの耳にかけ、彼は囁く。

「どうぞこの先も、貴女は描き続けなさい。貴女の本分は絵師なのだから」

このひとと出会って十年あまり。

それなのに、わたしは未だ自分たちの関係をたとえる言葉を持たない。

いとおしいような、厭わしいような、
すべてを理解しているような、それでいてまるでわからないような、
限りなく近いようで、
永遠に近づかないこの男を。

恋とたとえても、愛とたとえても、ただ足りないと思う。

「ええ」

だから、わたしは彼の要求に素直に応えることにした。

かたちなきものを描き出すのが、絵師の本分であるのだから。

「いつか愛していると乞うて、わたしに狂えばよい」

結　無題

いつもより遅い桜前線がようようこの街にも訪れ、そこかしこをうす紅に染めた。

平安神宮の巨大な大鳥居を見上げながら橋を渡ると、花筏（はないかだ）の川を鴨（かも）が泳いでいた。親鴨の後ろに子鴨が数羽くっついている姿が愛らしい。いつの間にかスーツの肩についていた花びらを取り、俺はまた歩き出した。

待ち合わせの相手は、スフレがおいしいと評判の喫茶店に先に入っていた。すでに行列ができている店先を横目に中に入ると、チェックのシャツを着た男が「七森（ななもり）」と手を挙げる。図体のでかい男ふたりで入るような店ではないので、なんとはなしに居心地が悪い。

「もっと別の店にできなかったんですか」

「そやかて、ここのスフレは絶品やでー。七森のぶんも頼んでおいた」

「お心遣いどうも」

焼き上がるまでにまだ時間がかかるらしい。先に運ばれてきたコーヒーを飲んでいると、ほれ、と錺屋（かざりや）が紙の束を俺の前に置いた。

「九十九（つづら）が売った作品リスト。警察がつかんでないのもあるんやない？」

「さすが、仕事が早いですね」

「人使い荒い奴がよう言うわ」

呆（あき）れた顔で息をつき、錺屋は肩を鳴らした。

「九十九、取り調べには素直に応じてるらしいやん。潔（いさぎよ）いちゅうかなんちゅうか」

「もともとそういうことに興味のない奴なんでしょう。詐欺罪くらいじゃ、すぐに刑務所から出てくるでしょうし」

「人間社会って、なんや理不尽ばっかやんなあ。仕返ししてやろか」

「いいですよ、別に。君の仕返しは高くつきそうですしね」

　リストをめくりながら、片手間に応酬をする。

　九十九がばらまいた贋作は、時間をかけても俺の手で回収するつもりだ。こんなことは九十九への意趣返しにも何にもならないが、少なくとも俺の気は晴れる。それに理不尽もあれば、思わぬ番狂わせもあるのが世の中というもので。

　にやにやとこちらを見つめている錺屋に気付き、なんですか、と俺は眉根を寄せる。

「いや、やっぱりおまえはそっちのほうが似合うなあ思て。また鑑定の仕事始めたんやて？」

「烏丸ファシリティの所長に紹介してもらいまして。小さな骨董屋ですけど、面白いですよ」

　この春から俺が勤め始めたのは、老主人が長くひとりで切り盛りしていた骨董屋だった。近頃足が悪くなり、外での仕事がしづらくなった主人に代わり、あちこちに出向いて買い付けや査定の補助をしている。気難しいが、反面で世事について大らかなところがある主人は、俺の話を聞いても顔をしかめることなく、試用期間つきで受け入れてくれた。

「結局、だいたい元のさやか。つまらへんなあ」

「いい歳した大人なんて、だいたいそんなもんですよ」

「尻の青い餓鬼どもがよう言いよる」

くくっと咽喉を鳴らして、錺屋はホイップクリームがのったココアを啜った。

「そういえば、これ、お返ししておきます」

詩子さんから預かった青いケースのライターをテーブルに転がす。あぁ、となんとなくばつが悪そうな顔をした男に、「こういうものを勝手にあのひとにあげないでくださいよ」と釘を刺す。錺屋は肩をすぼめた。

「そう怒らんといて。もうやらんし、一度きりやろ」

錺屋手製の御守りをもらったのだと、詩子さんはライターについて説明した。異界に渡るためではない、異界から帰るための「御守り」だったと。

「彼女が『見える』こと、君は知っていたんでしょう」

「そらな。言っとくけど、あの子はこの百五十年でも別格やで。自分の意志で好きにあちらとこちらを行き来しよるなんて、普通はできひん。でも、ああいう子は、ほとんどが大人にはなれへんもんや。七つになる前に、あちら側の住人にかどわかされてしまうからなあ」

頰杖をついて、錺屋は苦笑した。

おもろいと思わへんか、とその声が続ける。

「あの子はおまえの筆に惚れたせいで、あちらを見る目と、こちらとあちらを行き来する術を手放した。幼いあの子にとって、あちらはどこよりも楽しい『遊び場』やったのに、あちら側にはぎょうさん『遊び友だち』かておったのに、皆会えへんようになってしもうた。こちらを捨てて、あちらを選んだ月舟の反対やな」

――モノノケたちは、もとの棲み処にかえしてさしあげる。

時折呟かれるその言葉が、ひねくれた彼女の心からの願いであることを俺は知っていた。ひとよりもモノノケのほうに心を砕いてしまう彼女。本当は異界の住人となるはずだった少女をつなぎとめたのが、かつての俺だったとしたら。

救えないと思った。腐れ縁どころか、錺屋の言うとおり、菌糸が張って発酵している。今頃あちらの世では、贋作師が呵々と笑っているにちがいない。月舟と離れまいと焦がれたすずの執心は、百五十年を経た現代の世で、ついに叶えられたともいえるのだから。

けれど、それでも。

過去の因果も、俺自身の事情も、すべて、ぜんぶ関係なく。

時川詩子の絵は、うつくしい。

呪いのように吐き出される描線も、くるおしく乱れていく色も、彼女の描くものはどれも異様な美を備えて、ただそこに在る。

いずれ、多くの者が彼女の描く絵に心奪われることだろう。ある者は胸をつかまれて涙し、ある者はおぞましさに心を病むかもしれない。

それでも、時川詩子という絵師に、最初に狂わされたのは俺だ。

――そこへ焼き立てのスフレが運ばれてくる。

ふわふわの生地に、おお、と錺屋が相好（そうごう）を崩した。

ちなみに今回の件に関わるさまざまな「貸し」の対価がこのスフレだ。レートとして適正なのか、鬼の価値観はいまいちわからない。そもそもこの男からすれば、すべては長い浮世の暇つぶしだ。

「対価っていうなら、おまえはうたちゃんに貸しっぱなしやん」

スフレをほおばる錺屋は、まるで俺の胸中を読み取ったようなことを言った。そうですかね、とぬるまったコーヒーに口をつけ、俺は緩やかに笑みを浮かべる。

「憑（つ）きもの落としのことなら、いつもお代はしっかりいただいていますよ」

「ふうん？」

「いっとう贔屓（ひいき）の絵師の絵を特等席から見られるんです。これ以上の報酬（ほうしゅう）がどこに？」

目を丸くしたのち、錺屋は盛大に笑い出した。

そういうのは本人に言ってやりぃよ、と涙を拭（ぬぐ）いながら言う。

錺屋と別れ、鴨川に架かる大橋を渡っていると、河原にちょこんと腰掛ける女を見つけた。

萌黄と茶の縞格子に、気に入りの灰桜の羽織をかけた詩子さんは、膝に抱いた画帖に何かを描きつけている。桜ぐるいの詩子さんのことだ。どうせまた、花ばかり描いているのだろう。

河原に下りると、近づいても気付かない彼女の隣に立って、「オオシマザクラですか？」と尋ねる。画帖に映り込んだ影に目を瞬かせ、おや、と詩子さんが顔を上げた。

「七森さんじゃあないですか。こんなところで奇遇ですね」

「今日は大学は？」

「桜が満開の日には休講になるんですよ。わたしと先生の取り決めとやらです」

胸を張り、詩子さんは画帖にまた花のスケッチを始める。

岩絵具が爪の奥までしみこんだ手が、伏し目がちの花房を描き出す。案の定、彼女の画帖は花尽くしだった。

「七森さんは？」

「今日はもう休みです」

「それはよい。こんなうららかな日にお仕事なんて無粋ですもの」

「貴女のように本業をおろそかにしているひとに言われるのも、複雑ですけどね」

彼女の隣に座り、春の光がうららと射す浅瀬を眺める。

コンクリートの橋を淡いグリーンのバスが行き来している。その下で若い白鷺が獲物を探して川を歩く。

「そういえば、七森さんに見せたいものがあったんです」

何かを思いついた様子で、詩子さんは布製の鞄から端末を取り出した。同世代の女子大生に比すると、いささか手際が悪そうに画面を操作して、何かの写真を表示する。

それは一枚の素描だった。

淡彩の筆によるやわらかな描線が、結い髪をした少女の横顔を描いている。だいぶ時が経っているのか、線は薄れているが、モデルとなった少女の気性や魂のかたちまでも写しだすかのようだ。何よりも、その素描には祈りがあった。少女の道ゆきに幸多かれと願う絵師の切実な祈りが。

「よい絵ですね」

「ええ。うちの蔵の中から見つけたんです」

詩子さんは画面のうえに、ツイと指を添えた。いとしいものを撫でるように描線を指でたどり、端までいくとまたはじめに戻る。

「とある贋作師の晩年の作ですって。彼女の一枚きりの『オリジナル』」

いぶかしみ、俺は詩子さんを見た。

それ以上は明かさず、彼女は宝物をしまうように画面を閉じる。

確かなことはわからないが、予感はあった。

贋作師が描いたのは、おそらく都幾（つき）という名の――……。

「わたしの絵師はいったいいつ、また絵を描いてくれるのでしょう」

「はい？」

「いいえ」

ふふっと花群れめいて微笑（ほほえ）み、詩子さんはまた鉛筆を動かし始めた。

「いいんです、待つのは長いほうがよい」

言葉にこめられた含意に気付くと、何とも言えない気分になって、俺は川面（かわも）に目を向けた。

九十九が捕まり、「くろづか」を取り戻したところで、自分の過去が清算されたわけではない。そんな単純なものではないし、俺が昔のように絵を描くことはもうない。

緩やかな浅瀬に風が吹いて、両岸の花がいっせいに散った。花吹雪に視界をかき乱されながら、俺は橋上に立つ男女のまぼろしを見る。笑っているのか、泣いているのか、はたまたまだ愛執の只中（ただなか）にいるのか、絵師と贋作師の姿はひととき俺の目に焼きついて、やがて春の雪のように消え去った。

「詩子さん」

隣の女を呼ぼうとして、目を細める。

描き疲れたのか、彼女は鉛筆を握ったまま、俺の肩にことんと頭を預けて眠っていた。どこからか舞った花びらが、詩子さんの髪のうえを滑りおり、画帖に重なる。よいな、と思った。肩に触れるやわいぬくもり、息遣い、花。

すべてをとどめておきたいと祈りたくなるような。

そういう一瞬に、かつて俺の祖もまた出会ったのだろう。そして、描いた。誰の模倣でもない、何に囚われることもない。描いて、消えて、誰の記憶にとどまることもない。ただ、己のためだけの一枚を。

眠る女を起こさないように画帖を取り上げると、新しいページをめくった。紙のにおいが懐かしく香り、口端を上げる。

そして、未知の紙上に今、一筋の祈りをこめる。

※この作品はフィクションです。実在の人物・団体・事件などにはいっさい関係ありません。

集英社オレンジ文庫をお買い上げいただき、ありがとうございます。
ご意見・ご感想をお待ちしております。

● あて先
〒101-8050　東京都千代田区一ツ橋2-5-10
集英社オレンジ文庫編集部 気付
水守糸子先生

モノノケ踊りて、絵師が狩る。
—月下鴨川奇譚—

2020年2月25日　第1刷発行

著　者　水守糸子
発行者　北畠輝幸
発行所　株式会社集英社
〒101-8050東京都千代田区一ツ橋2-5-10
電話【編集部】03-3230-6352
【読者係】03-3230-6080
【販売部】03-3230-6393（書店専用）
印刷所　大日本印刷株式会社

※定価はカバーに表示してあります

ISBN 978-4-08-680307-6 C0193

集英社オレンジ文庫

永瀬さらさ

鬼恋語り

鬼と人間の争いに終止符を打つため、
兄を討った鬼の頭領・緋天に嫁いだ冬霞。
不可解な兄の死に疑問を抱いて
真相を探るうち、緋天の本心と
彼と兄との本当の関係を
知ることとなり…？

コバルト文庫　オレンジ文庫

「ノベル大賞」

募集中！

小説の書き手を目指す方を、募集します！
幅広く楽しめるエンターテインメント作品であれば、どんなジャンルでもＯＫ！
恋愛、ファンタジー、コメディ、ミステリ、ホラー、ＳＦ、etc……。
あなたが「面白い！」と思える作品をぶつけてください！
この賞で才能を開花させ、ベストセラー作家の仲間入りを目指してみませんか⁉

大賞入選作

正賞の楯と副賞300万円

準大賞入選作

正賞の楯と副賞100万円

佳作入選作

正賞の楯と副賞50万円

【応募原稿枚数】

400字詰め縦書き原稿100〜400枚。

【しめきり】

毎年1月10日（当日消印有効）

【応募資格】

男女・年齢・プロアマ問わず

【入選発表】

オレンジ文庫公式サイト、WebマガジンCobalt、および夏ごろ発売の文庫挟み込みチラシ紙上。入選後は文庫刊行確約!
（その際には、集英社の規定に基づき、印税をお支払いいたします）

【原稿宛先】

〒101-8050　東京都千代田区一ツ橋2-5-10
（株）集英社　コバルト編集部「ノベル大賞」係

※応募に関する詳しい要項およびWebからの応募は
公式サイト（orangebunko.shueisha.co.jp）をご覧ください。